14,50

La variable humana

Jazmín, 22 – 28033 Madrid
www.gadireditorial.com

Diseño: Gadir Editorial
Impreso en Gráficas Deva (Madrid)

Impreso en España - Printed in Spain
ISBN-13: 978-84-940165-5-4
Depósito legal: M-23735-2012

Rodrigo Martín Noriega

La variable humana

GADIR

Esta novela ha obtenido el
Premio de Novela Corta
de la Fundación MonteLeón 2012
que otorgó el Jurado compuesto por
Luis Mateo Díez, José María Merino,
Margarita Torres, Francisco Flecha,
José Luis Corral y Evelia Fernández.

La variable humana

«Las matemáticas poseen no solo la verdad, sino la suprema belleza, una belleza fría y austera, como una tumba».

Bertrand Russell

«Cuando la música auténtica me posee –la música de las esferas, la música que va más allá de la comprensión–, esto no tiene nada que ver conmigo, porque yo soy solo el canalizador».

John Lennon

«La lógica llena el mundo; los límites del mundo son también sus límites».

Ludwig Wittgenstein
Tractatus logico-philosophicus

1

Alfred Keitel miró su reloj una vez más, ajeno a las conversaciones de los estudiantes que llenaban la cafetería de la universidad en ese frío mediodía de noviembre. Supuso que el retraso de su ilustre colega Samuel Bates tenía como propósito ponerle nervioso o mostrarle a las claras su desprecio y la poca ilusión que le hacía aquella cita.

Sonrió. Tenía que admitir que para un hombre a punto de cumplir los setenta años perder el tiempo era un lujo, pero no podía reprocharle nada a Samuel ni a sus pequeñas y mezquinas venganzas. Hace años Keitel refutó una de las teorías de Bates en un acalorado enfrentamiento académico que dejó la fama de Samuel hecha añicos en el competitivo mundo de los matemáticos profesionales. Lo más cruel de todo es que Samuel había sido uno de sus mejores alumnos, pero para Alfred Keitel los sentimientos no tenían nada que ver con las matemáticas. Tal vez fueran la única cosa en el mundo de la que podía afirmarse algo así.

–Alfred…

La voz de Samuel le devolvió al presente.

–Lo sé, llego tarde, pero me debo a mis alumnos –dijo con una sonrisa seca mientras se sentaba frente a Keitel sin ni tan siquiera quitarse la chaqueta.

–¿Quieres tomar algo?

–No gracias Alfred, tengo mucha prisa. De hecho podrías haberme escrito un mail.

–Odio los ordenadores. –El tono de voz de Alfred fue tan sombrío que Samuel se sintió intimidado a su pesar.

–Pues aquí me tienes.

Alfred apartó su taza de café y cruzó las manos sobre la mesa, como hacía cuando se disponía a revisar un examen delante de un alumno. Él también tenía sus propios trucos.

–Háblame de John Farrell.

Samuel cruzó los brazos a la defensiva. No le gustaba que nadie se metiera en sus asuntos.

–¿Por qué?

–Sé que tú diriges su investigación y que aspira a ser profesor asociado de tu departamento. Su currículo es excelente.

–¿Y?

–Lleva un mes escribiéndome. Quiere consultar algunas cosas conmigo.

Samuel palideció. Su orgullo se sintió golpeado ante aquella revelación. Alfred Keitel era un dinosaurio, una reliquia de los viejos tiempos. Puede que en otra época hubiera sido un genio, pero después de su misteriosa crisis personal de hacía unos años había abandonado la investigación y la docencia activa. La universidad le mantenía su despacho más en consideración a su prestigio que a su actividad real, como si fuera un oráculo cuya sabiduría pudiera iluminar a los demás por su mera presencia. Por eso Samuel recibió como una puñalada el saber que uno de sus pupilos se acercaba a sus espaldas al viejo Keitel. ¿Acaso Samuel no era lo suficientemente bueno para el joven y engreído Farrell?

–No sé qué decirte que no puedas suponer. Extraordinariamente inteligente pero con tendencia a perderse en sus propias abstracciones. Como muchos de nosotros a su edad, confía en el poder ilimitado de las matemáticas para ordenar el mundo, pero sus aspiraciones son por suerte mucho menos ambiciosas, e incluso de una ingenuidad sonrojante –explicó Samuel sin poder disimular los sentimientos contradictorios que John Farrell provocaba en él. Posiblemente aquel joven fuera el mejor entre todos los becarios de su departamento, pero a veces su condescendencia y la irritante seguridad en sí mismo que mostraba le molestaban profundamente. Y por encima de todo, Samuel intuía que John se creía mejor que él, y que recurriera a Keitel no hacía sino aumentar esa sensación.

Keitel por su parte escuchaba sin mover un músculo. Las cartas de John Farrell, insistentes pero en absoluto suplicantes, como si estuviera seguro de que le acabaría recibiendo, le tenían intrigado. O tal vez lo correcto sería decir que le asustaban. El joven Farrell se había presentado con una pala en el jardín donde Keitel enterraba los inquietantes cadáveres de su pasado, y no dejaba de pedir permiso para empezar a cavar. Por supuesto, era sencillo evitar aquella situación, bastaba con encargar a su secretaria romper todas las cartas que le mandara Farrell hasta que se cansara. Y por otra parte tampoco tenía motivos para estar tan preocupado; seguramente John tendría algunas dudas que solo tangencialmente removerían algunas cosas que era mejor ignorar, pero por lo que Samuel acababa de decir no parecía posible que sus inquietudes fueran más allá.

–¿A qué te refieres con ingenuidad?

–Bueno, John Farrell cree que sería capaz de componer a la altura de Mozart o Bach con un mero programa informático basado en sistemas de combinatoria y estadística.

–Notas musicales seleccionadas arbitrariamente. Nada del otro mundo. Tal vez un programa compusiera algo parecido a *Para Elisa* tras probar cientos de combinaciones. El mono que escribiría las obras compuestas de Shakespeare tecleando en una máquina de escribir –argumentó Keitel intentando sacar más información y sin tener muy claro de si aquello le tranquilizaba o agudizaba sus temores.

–No exactamente. Lo que Farrell pretende es crear un programa que componga las obras que Beethoven hubiera compuesto de haber seguido vivo, no que componga lo mismo, si es que el verbo componer tiene algún sentido aquí. Es decir, el mono de Farrell escribiría la secuela de *Hamlet*, por decirlo de alguna manera. Y no aleatoriamente, a la primera.

Keitel tardó un largo segundo en hablar.

–¿Y cómo pretende conseguir algo así?

–Con las matemáticas. x al cuadrado igual a *La pasión según San Mateo*.

Samuel parecía irritado. Como hombre pragmático, creía que la ciencia debía estar al servicio de los intereses reales de la humanidad, y por eso no soportaba que el talento (algo de lo que John Farrell andaba sobrado, no podía negarlo) se malgastara en fantasías y ensoñaciones que podían servir de entretenimiento para congresos de matemáticos pero cuya utilidad práctica era nula.

Afuera una pareja de estudiantes caminaba de la mano y un poco más lejos un grupo de alumnos parecía enfrascado en una conversación interesante y acalorada. La despreocupada alegría de la juventud, pensó Keitel. No tener que soportar el peso de la clarividencia. Que Dios te libre de ese peso, John Farrell, que Dios nos libre a todos de que lo tengas.

–Dime una cosa, Samuel –dijo Keitel para interrumpir el curso de sus pensamientos–. ¿Crees que lo conseguirá?

Bates miró a su antiguo profesor con cara de no haber entendido la pregunta.

–¿A qué te refieres?

–Muy sencillo. Si lo que Farrell pretende fuera posible, ¿crees que este joven tiene la capacidad necesaria para llevarlo a cabo?

–Puedo decirte que él está convencido de ello. Pero todo su proyecto parte de una premisa errónea que él es incapaz de ver.

–¿Cuál?

–Olvida la inspiración.

–¿La inspiración?

–Ningún programa informático, ningún sistema matemático tendrán nunca talento creativo, inspiración, el soplo divino, si lo prefieres.

Keitel suspiró, como si aquel argumento le resultara demasiado manido para tomarse la molestia de refutarlo. A un nivel básico (humanamente básico, tal vez) Keitel quería creer en el razonamiento de Bates. Esas palabras eran reconfortantes, alimentaban el paradigma humanista que permitía creer en la existencia de un alma que daba a nuestras acciones una trascendencia que iba más allá de la insoportablemente aséptica cadena de causa-efecto o ensayo-error. Pero Alfred Keitel llevaba años dudando de esas ideas. De hecho, si hace años había detenido sus investigaciones fue por lo cerca que estuvo de disipar todas esas dudas de una manera irrefutable. Irrefutable y terrible.

–Supongo que tienes razón –concluyó finalmente–. En cualquier caso será una pena que John Farrell malgaste sus mejores años en un proyecto condenado al fracaso.

–Yo solo soy su director, me limito a observar, evaluar o aconsejar. Pero John no escucha a nadie. Él dice que su proyecto es solo el primer paso.

Keitel sintió un escalofrío recorriendo su espalda, como si detrás de él alguien hubiera abierto una puerta.

–¿El primer paso de qué?

–El primer paso. Es lo único que dice. Por desgracia para él no habrá un segundo paso y desperdiciará unos años preciosos para descubrirlo.

Samuel Bates miró su reloj para indicar que la conversación había terminado.

–Tengo que irme, Keitel.

–Gracias por haber venido.

–¿A pesar de no haberte aclarado para qué quiere verte Farrell?

Alfred asintió y en ese momento pareció un hombre más viejo y cansado que de costumbre. Samuel salió de la cafetería y se perdió entre los estudiantes que caminaban por el campus bajo la mirada atenta de Keitel.

Una camarera se acercó a su mesa con una bandeja para retirar la taza vacía de Alfred. Al agacharse, su mano vaciló y la bandeja cayó al suelo produciendo un pequeño estruendo.

–Disculpe, señor –dijo la joven camarera visiblemente azorada.

–No se preocupe –dijo Alfred amablemente–. Usted no podía evitarlo. Tenía que pasar.

La camarera no supo qué decir y dudaba de si había entendido bien la última frase. Alfred hubiera necesitado demasiado tiempo para explicárselo, y tenía el presentimiento de que el joven John Farrell lo explicaría mejor que él. Siempre y cuando fuera capaz de llegar al segundo paso, claro.

Se levantó, se anudó una bufanda algo deshilachada al cuello y se marchó. Tenía que leer de nuevo las cartas de Farrell.

Afuera la temperatura había bajado. El invierno ya estaba ahí.

2

Desde la ventana de la cocina, Mary Farrell miraba la calle esperando a que su hijo apareciera en cualquier momento. La visita de los domingos era un ritual obligado para John. Por la mañana cogía el tren que le llevaba desde Londres a la pequeña ciudad donde sus padres se habían mudado hacía cinco años, comía con ellos, tomaban el té y charlaban o escuchaban música en silencio. A veces John llevaba a sus padres a ver un musical o al teatro. Lo pasaban bien los tres juntos, a pesar de que últimamente una especie de tristeza inexpresable se había apoderado del hogar de los Farrell. Con apenas sesenta años la artrosis empezaba a mostrar sus primeros síntomas en las manos de Henry. Todavía podía tocar el piano, pero desde luego sus años como concertista profesional eran ya cosa del pasado. Económicamente eso no suponía ningún problema, Henry y Mary disfrutaban de una situación privilegiada y ninguno de los dos necesitaba ya trabajar. La cuestión es que para Henry Farrell la música era algo más que una profesión; era su lenguaje privado, el espacio íntimo que le enriquecía y le completaba, de la misma forma en la que su esposa se aislaba durante horas a escribir o el bueno de John en su adolescencia se abstraía de todo haciendo cálculos incomprensibles en un cuaderno, olvidando que había quedado con los amigos o con alguna chica para ir al cine. Los Farrell eran en cierto modo una familia de amores no compartidos, de pasiones individuales y egocéntricas, si bien en el caso de Henry y Mary sus respectivos talentos se proyectaban hacia los demás y en el caso de John sus cálculos o fórmulas acababan en la papelera o en algún lugar de su cabeza herméticamente cerrado y a salvo de las indiscreciones de los no iniciados.

Por fin apareció John, con las manos en los bolsillos de su abrigo de *tweed*, el flequillo moreno cubriéndole la frente y la forma de andar decidida de siempre, la manera de caminar de alguien que siempre da la impresión de estar avanzando desde A hasta B tras haber elegido el camino más corto.

Mary fue a abrir sin dar tiempo a su hijo a llamar al timbre.

–John...

–Mamá.

Mary le abrazó como si llevaran meses sin verse, y él recibió ese afecto con agradecimiento algo irónico.

–Hoy llegas un poco más tarde –le reprochó Mary.

–El tren salió con veinte minutos de retraso.

–Las privatizaciones van a hundir este país.

–Es un tema un poco más complejo, mamá.

–Para ti todo es mucho más complejo...

–... en su aplastante sencillez.

Se rieron y entraron en el salón cogidos del brazo como dos novios a los que no les importara la diferencia de edad.

Henry estaba sentado en su sillón de cuero leyendo la prensa.

–¿Cómo va el mundo, papá?

–Creo que mañana seguirá aquí. Es más de lo que la mayoría podemos decir.

Henry se levantó a abrazar a su hijo, un abrazo un poco más solemne que el de Mary. John notó que su padre apenas apoyó las manos en su espalda y sintió una punzada de dolor. Henry se dio cuenta de ello al ver la mirada de su hijo y le sonrió.

–No te preocupes. Todavía puedo atarme los zapatos sin pedir ayuda –dijo con tono exageradamente jovial.

–Henry, por favor... –le recriminó Mary–.

Dejemos el humor negro para otro día.

Su esposo asintió y la miró con ese amor suave y nada estridente que después de tantos años sentía por su mujer.

–¿Quieres tomar algo, hijo?

–Una copa de jerez estará bien.

John se sentó mientras su padre preparaba las copas y Mary iba a la cocina a echar un vistazo a su guiso. Para ser una mujer de ideas casi radicalmente progresistas, mantenía un respeto más propio de la época victoriana a esos momentos de complicidad masculina entre padre e hijo.

Henry llenó hasta la mitad dos copas de cristal y las apoyó en una pequeña mesilla de madera clara entre su sillón y el sofá en el que estaba sentado John. Ambos probaron el licor antes de decir ni una sola palabra. En el otro extremo del amplio salón, un majestuoso piano parecía ejercer como testigo silencioso de aquel encuentro.

–Tu madre y yo estamos planeando un viaje –dijo finalmente Henry Farrell.

–Estupendo.

–No hemos elegido destino todavía, tal vez Grecia o Italia. Aún tenemos la energía necesaria para ejercer un poco de trotamundos.

–Por supuesto.

–Teníamos previsto irnos a principios del año que viene para pasar las navidades contigo.

–Por mí no os molestéis, id cuando queráis, yo voy a estar muy ocupado.

A Henry a veces le sorprendía el poco apego de su hijo a lo que podría llamarse exteriorizaciones protocolarias del afecto. Ni fiestas, ni cumpleaños ni reuniones familiares parecían suscitar en él el más mínimo interés. Hacía dos años había pasado la Nochevieja solo porque, según él, «tenía cosas importantes que hacer». Henry había sido también un joven extraordinariamente metódico, algo imprescindible en el mundo de la música clásica, pero al menos intentaba disimular o mantener su obsesión bajo control. Para John en cambio todo parecía secundario ante el empuje de una idea brillante por desarrollar o una intuición a la que dar forma.

–Espero que ese «estar muy ocupado» incluya compañía humana.

John sonrió.

–Tal vez sí.

–¿Una chica?

–Más bien un profesor de matemáticas retirado de setenta años.

–Te envidio, hijo, en mi época no teníamos tantas posibilidades de divertirnos.

Padre e hijo rieron al unísono y brindaron con despreocupación. En ese momento, Mary entró en el salón con una bandeja de canapés de paté.

–Para abrir el apetito.

Se sentó al lado de su hijo y le puso la mano en la rodilla.

–Bueno John, ¿te van a dar el Nobel este año o seguiré sin poder ponerme mi vestido para las grandes ocasiones?

–Este año todavía no, mamá; pero no tardará.

El tono de voz de John fue de una seriedad absoluta y desconcertante. A Mary la sonrisa se le quedó a medias; nunca terminaría de acostumbrarse a las peculiaridades del carácter de su hijo, pero estaba segura de que eso le pasaba a todas las madres.

John se llevó a la boca dos canapés a la vez. Masticó mientras sus padres le miraban divertidos.

–Anoche no cené –murmuró John como justificación.

–Pues vamos a la mesa. No queremos que nuestro hijo parezca un matemático hambriento, ¿verdad, Mary?

Pusieron la mesa entre los tres si bien Henry se limitó a llevar los cubiertos. Mary y

John se esforzaron en aparentar que no se dieron cuenta de que hubo un momento en el que sus manos parecieron a punto de soltar los tenedores y Henry maldijo en silencio.

Mary era una extraordinaria cocinera y la comida fue excelente. Un guiso de carne con patatas y guarnición de verduras, ensalada de tomate y lechuga y pastel de manzana de postre. Dieron buena cuenta de ello mientras discutían superficialmente de política o de literatura, temas que a John no le apasionaban pero en los que siempre estaba bien informado aunque solo fuera por tener algo de que hablar con sus padres. De la misma forma seguía la liga de fútbol o los estrenos cinematográficos, con esa curiosidad distante y pragmática tras la que se escondía algo demasiado parecido a la indiferencia.

–Ya me ha dicho papá que os vais de viaje estas navidades.

Mary se limpió los labios con una servilleta antes de hablar.

–Esa no era la idea original –dijo mientras miraba a su esposo con dureza.

–Querida, no pongas esa cara, John va a pasar unas navidades muy atareadas.

–Mi investigación se acerca a un punto decisivo y voy a tener que verme con un profesor para que me ayude. No sé si podré salir mucho de Londres.

–¿Quién es ese profesor? –preguntó Mary.

–Alfred Keitel. Experto en lógica de sistemas.

Tras decir esto se hizo un repentino silencio en la mesa, como si John hubiera pronunciado una oración y cualquier comentario fuera una falta de respeto. Sus padres sabían que ese aire de gravedad inmóvil significaba que la mente de John había vuelto momentáneamente a su rincón secreto. Sus ojos se quedaron absortos en los dibujos geométricos del borde del mantel. Por fin levantó la vista y miró a sus padres, consciente de que solía crear situaciones así de embarazosas con frecuencia.

–Papá –dijo con un tono de voz ilusionado y lleno de ternura–. Asegúrate de que tus manos aguantan en forma unos días más. Voy a regalarte algo en poco tiempo.

Los ojos de su padre se humedecieron ante aquel comentario inesperado y sorprendente. Mary acarició una de las manos de su esposo, este hizo amago de apartarla pero ella no se lo permitió. John contempló la escena sin decir nada. Su cabeza y su corazón estaban conectados en ese momento, y eso no le sucedía a menudo.

Los tres miraron al piano de forma involuntaria.

Mary estaba llorando.

3

Aunque ninguno de los dos podía recordarlo, Alfred Keitel y John Farrell se habían visto por primera vez hacía unos veinte años. Fue en un concierto del padre de John al que Alfred acudió con su esposa Sara. Henry Farrell estaba por aquel entonces en la cúspide de su fama y Sara Keitel, una refinada melómana, no paró hasta convencer a su esposo de que dejara sus absorbentes obligaciones y acudiera con ella al recital.

Alfred estuvo distraído durante casi todo el concierto. Henry Farrell era sin duda todo un virtuoso, pero la mente de Keitel estaba en otra parte. En uno de los bises se disculpó con su mujer y salió un momento al *hall* del teatro. Se apoyó en una de las barandillas doradas y se quedó absorto contemplando el vestíbulo mientras desde dentro de la sala le llegaban las notas delicadas y sensuales de una partitura de Chopin.

Entonces vio al niño. De unos diez años, moreno y algo despeinado, estaba sentado a unos metros de Keitel, sobre el último escalón de la gran escalinata de mármol que descendía hasta el vestíbulo. Alfred lo observó con interés. Iba vestido de una forma demasiado elegante para su edad, con una pequeña americana azul oscuro, camisa blanca y corbata negra. Al reparar en la presencia de Keitel, el niño sonrió.

–Hola.

Keitel le devolvió el saludo con un cortés movimiento de cabeza.

–¿Dónde están tus padres?

–Dentro.

–¿Y tú qué haces aquí?

–No me gusta mucho la música clásica.

A Keitel le sorprendió la firmeza de ese comentario.

–¿Por qué?

–Es muy repetitiva.

Alfred pensó que si alguno de los espectadores que en ese momento disfrutaban del concierto pudiera oír ese comentario se escandalizarían y mirarían a sus padres con desprecio por permitir semejante deficiencia en la educación de su hijo.

–No estoy de acuerdo –dijo Keitel.

–¿Y por qué no está usted dentro?

El chico era rápido, de eso no cabía duda. Allí sentado, con los codos apoyados en las rodillas, parecía dispuesto a rebatir cualquier argumento. A Alfred le cayó bien.

–Demasiadas cosas en la cabeza –le respondió.

–A mí me pasa lo mismo –repuso el chico.

Alfred no supo que contestar, así que se encogió de hombros y asintió. En ese momento el auditorio estalló en aplausos. Henry Farrell debía estar saludando.

–Tengo que volver dentro –dijo el chico levantándose de un salto.

–Sí, yo también.

Keitel abrió la puerta y permitió que John Farrell entrara primero. Vio como corría discretamente por uno de los pasillos laterales y supuso que sus padres estarían en primera fila. Él llegó hasta su asiento vacío mientras su esposa se ponía ya su abrigo con el rostro emocionado.

–Ha sido maravilloso –comentó en voz baja a su marido.

Los aplausos fueron cesando gradualmente y un telón rojo cayó sobre el escenario.

Alfred y Sara salieron del teatro cogidos del brazo y pararon un taxi. El recuerdo de aquella noche se difuminaría con los años.

Habían pasado muchas cosas en esas dos décadas para que Alfred Keitel pudiera relacionar a aquel niño con el autor de las cartas que en ese momento descansaban sobre su escritorio y que había releído buscando alguna clave que apartara o confirmara sus inquietudes.

Las cartas de Farrel estaban escritas a mano con pluma o bolígrafo de punta muy fina, siempre de tinta negra, con la letra apretada y los márgenes perfectamente alineados.

Alfred tomó una al azar.

«Estimado profesor Keitel:

Como verá, su silencio no afecta demasiado a mi insistencia, si bien he de admitir que empieza a inquietarme la posibilidad de que mis cartas ni siquiera estén pasando el filtro de su secretaria, la aguerrida y poco dada a florituras señorita Eloise Chant, a la que le ruego que transmita mis saludos más afectuosos. He pensado en recurrir a mi tutor y jefe de departamento, el profesor Samuel Bates, para llegar a usted, pero supongo que eso sería una medida desesperada. Y yo no estoy desesperado, profesor Keitel, simplemente siento que mi proyecto se está ramificando por vericuetos casi epistemológicos o metafísicos (odio esta terminología, por sus libros sé que usted también) y necesito hablar con usted. De entre todas sus obras, hay una especialmente que me hace creer que es usted la única persona con la que podría compartir mis intuiciones o lo que estoy empezando a vislumbrar. Esa obra es *Lo subyacente. Una teoría de los sistemas cerrados*. Puede imaginar lo arduo que fue dar con ella. Si le digo que la encontré en una librería de viejo en Dublín entenderá que soy una persona persistente y que su trabajo me fascina. Y disculpe mi inmodestia, tal vez mi investigación pueda interesarle a usted también. Pero para eso tendremos que conocernos en persona. Puede encontrarme en el departamento de Matemáticas Aplicadas, escribirme o llamarme. La señorita Chant tiene todos mis datos, pero por si acaso su exceso de celo profesional los hubieran desviado hacia la imponente papelera plateada que tiene bajo su escritorio, se los escribo nuevamente a usted más abajo.

Un saludo.

John Farrell».

Casi todas las cartas eran así, metódicas y respetuosas pero con un punto de soberbia.

Alfred se quitó las gafas y se sirvió un poco de whisky de una vieja petaca que había pertenecido a su padre durante la Segunda Guerra Mundial. Era una de las pocas cosas que conservaba de Stephen Keitel, quien pese a ser hijo de emigrantes alemanes murió luchando contra los nazis en la campiña francesa cuando Alfred apenas contaba con tres años. Su madre, como tantas otras otras mujeres durante la posguerra, fue capaz de sacar adelante a su hijo entre los escombros de los bombardeos y el fantasma de la miseria. Lucy Keitel nunca se volvió a casar. Cuando un oficial le entregó personalmente los objetos personales de su esposo se pasó un día entero llorando en su habitación, salió con los ojos enrojecidos, abrazó a su pequeño y no lloró nunca más.

Alfred a menudo reflexionaba sobre la suerte de haber tenido cerca de él a dos mujeres extraordinarias de forma sucesiva en su vida, y este pensamiento le hizo mirar el retrato de Sara que tenía enmarcado sobre una estantería repleta de libros. La foto, tomada mucho antes de que la diabetes dejara ciega a su esposa, mostraba a una Sara sonriente, con el pelo más largo de lo que era normal en ella y exhibiendo orgullosa uno de los numerosos premios académicos de Alfred.

Alfred había tenido una buena vida. Podía encarar sus últimos años de existencia con un balance positivo. Dicha y sufrimiento se habían combinado en proporciones aceptables, había dado y recibido amor, había destacado en su profesión y por ahora mantenía la lucidez, quizá la única cosa a la que no estaba dispuesto a renunciar. Cada mañana ejercitaba su mente, resolvía ecuaciones o leía las últimas publicaciones matemáticas de la universidad, y se había prometido a sí mismo que el día en que empezara a notar los primeros síntomas de senilidad pondría en orden sus cosas y dejaría este mundo con la mayor dignidad posible. Para ello guardaba desde hacía tiempo una pistola en su dormitorio. A veces lo justificaba diciéndose a sí mismo que era por protección, pero sabía bien que si en la vida todo responde a un plan preconcebido, el papel de la pistola no era protegerlo de nadie. Y por otro lado el problema no era tanto poner fin a su vida con valentía y discreción, sino hacerlo sabiendo lo que había dejado pendiente. Si todo científico tiene la responsabilidad de perseguir el conocimiento hasta sus últimas consecuencias, él había fallado en eso. Había llegado al umbral de algo demasiado grande, algo que esperaba con todas sus fuerzas que fuera un error, pero no se había atrevido a cruzar ese umbral para comprobarlo. Y ahora aparecía el joven Farrell a merodear por ese territorio del que Alfred se había alejado hacía años. Y Farrell era distinto a él, de eso estaba seguro. Farrell nunca llegaría al umbral para darse después la vuelta. La cuestión era si ese muchacho estaba siguiendo el camino correcto o no. Y para salir de dudas, Alfred necesitaba conocerlo en persona. Eso supondría salir de la celda en la que había convertido su despacho y abrir sus puertas a la inquisitorial curiosidad de aquel joven. Era arriesgado, le asustaba, pero al mismo tiempo tenía que admitir una cosa. De una forma puramente intelectual Alfred Keitel deseaba encontrar en Farrell al discípulo audaz que terminara su obra sin que le temblara la mano, que se adentrara en el sobrecogedor laberinto siguiendo el hilo de Ariadna que Alfred había abandonado en el suelo al sentirse demasiado cerca del Minotauro.

Sumido en esos pensamientos, Alfred Keitel ni siquiera fue consciente de que había descolgado el teléfono para hablar con su secretaria.

–Eloise... ¿tienes por ahí todos los datos de John Farrell?

La mano de Keitel temblaba al colgar el auricular.

4

No muy lejos de donde Alfred Keitel tenía su despacho y en el mismo momento en el que este colgaba el teléfono, Samuel Bates corregía exámenes sin poder reprimir un bostezo.

Estaba distraído.

Su último encuentro con Keitel le había irritado más de lo que estaba dispuesto a admitir. Bates era por encima de todo un matemático profesional, un trabajador del intelecto que desconfiaba de los frutos de la genialidad quizá porque él nunca había sentido la arrebatadora energía de las verdades reveladas o de las intuiciones iluminadoras. Él trabajaba con la parsimonia disciplinada de un artesano, de forma metódica y nada espectacular. En un mundo tan lleno de mentes brillantes, Samuel Bates representaba la humildad del obrero rodeado de alquimistas que le miraban por encima del hombro. Como Alfred Keitel.

O como John Farrell.

Irónicamente, el primero había sido su profesor en los durísimos años que dedicó a labrarse un futuro académico y el segundo había terminado siendo su alumno de doctorado y uno de los becarios bajo su supervisión. Y ahora los dos parecían cruzar sus caminos dejando de lado al pobre Samuel Bates.

Hizo una mueca como si acabara de morder un limón y apartó los exámenes de su escritorio. Tras la ventana de su despacho empezaban a formarse nubarrones negros y densos como acuarela sobre un lienzo azulado, y el campus se llenaba de sombras.

No era el momento de hacer introspección, ni de justificarse interiormente ante las mentes privilegiadas de Keitel y Farrell. Él tenía las ideas claras, puede que además del talento innato le faltara la experiencia que los años le daban a Alfred y la insolencia que la juventud otorgaba a John, pero había llegado lejos sin las cartas trucadas de un intelecto por encima de lo normal. ¿Quién tenía más mérito de los tres? Y sobre todo, ¿quién de los tres era sustancialmente más útil para la sociedad? La matemática teórica en la que Keitel era una autoridad le parecía a Bates un mero fuego de artificio cuyo resplandor raramente iluminaba más allá de las mohosas paredes tras las que los matemáticos se entregaban a sus juegos onanistas de niños superdotados. Ese era el camino que parecía fascinar a Farrell y en el que parecía demostrar unas aptitudes extraordinarias, pero desde un punto de vista pragmático eran los hombres como Bates los que con su dedicación a la matemática aplicada entregaban valiosas aportaciones a lo que podía llamarse sin miedo «el mundo real». Pero Keitel siempre aducía que las matemáticas no podían limitarse a servir a otras disciplinas y despreciaba a los matemáticos como Bates que dedicaban su esfuerzo a resolver problemas de ingeniería o de termodinámica. El mundo real no era de la incumbencia de los genios. Lo útil no podía competir con lo asombroso. La paradoja era que muchos de los estudios de Keitel sobre lógica de sistemas habían sido de incalculable valor para el desarrollo de la informática y, en un terreno algo más prosaico, para los análisis financieros y el perfeccionamiento del mercado bursátil. Bates tenía que admitirlo por mucho que Keitel rechazara colgarse esas medallas.

El caso de John Farrell era distinto. Su dominio de las matemáticas instrumentales rozaba lo inverosímil. Ante la ecuación más complicada su mente parecía encontrar el camino de baldosas amarillas, nunca dudaba y sus exámenes eran de una pulcritud y perfección casi molestas. Sencillamente todo era fácil para él, como si las conexiones neuronales de su cerebro tuvieran un ancho de banda superior a la media o se enfrentara a las matemáticas con la calma de un arquero zen que sabe que solo tiene que dejarse llevar porque en un sentido profundo la flecha tiene que llegar sola a la diana. Sin embargo, de la misma manera en que lo complicado fluía para Farrell, a veces su razonamiento se encontraba con muros conceptuales al borde de lo irresoluble o del terreno resbaladizo en el que las matemáticas dejan de ser una ciencia exacta para convertirse en una especie de mística.

Era como si en el momento exacto de comprender o resolver algo Farrell sintiera una frustración no explicable en palabras. A Bates le fascinaban esos momentos en los que su alumno parecía abstraerse en pensamientos insondables, pero sabía que la sed de Farrell no podría saciarse nunca. Toda solución engendra su propio problema, es una dialéctica elemental que para Bates suponía la perfecta cura de humildad para personas como John. De hecho Bates sospechaba que tras el misterioso retiro de Alfred Keitel se escondía algo así, la dolorosa conciencia de que no se puede llegar a la causa última de todo, que las matemáticas son también limitadas y que los buscadores de quimeras intelectuales acaban naufragando en las costas inhóspitas de las ambiciones desmedidas.

Y a Samuel Bates aquello le parecía justo. Cuando John Farrell llegara a ese punto de no retorno, él estaría allí para verlo y desde luego no le temblaría la mano para frenar en seco sus aspiraciones profesionales. Que su alumno se entretuviera con absurdos juegos musicales no era su problema, pero cuando ese proyecto o lo que fuera que Farrel tuviera en mente fracasara, Samuel Bates sería quien firmara el acta de defunción del futuro académico de su petulante alumno. Así de sencillo. ¿Debía sentirse mezquino por pensar de esa manera? ¿O el destino le estaba brindando la oportunidad de resarcirse por tantos tragos amargos sufridos en silencio, por tanta condescendencia, por tanto velado desprecio?

Samuel Bates tragó saliva.

La tarde agonizaba. Encendió un flexo para iluminar mejor su escritorio.

La felicidad, sospechaba, no era cuantificable, pero su ausencia sí.

En un mundo matemáticamente proporcionado ambos factores deberían estar más equilibrados, pero por mucho que Keitel o Farrell se empeñaran, el mundo no obedecía a las leyes matemáticas.

Ambos olvidaban el factor humano.

El maldito factor humano.

Bates siguió corrigiendo exámenes.

Las risas apresuradas de los estudiantes marchándose del campus le resultaron ajenas.

Venían de un mundo al que en el fondo él nunca había pertenecido.

5

Todo el mundo tiene un secreto. El de Eloise Chant era que desde hacía más de veinte años amaba a Alfred Keitel. Lo que al principio había sido una pasión furtiva y culpable se había transformado tras la enfermedad y muerte de Sara en algo parecido a un sentimiento protector hacia su jefe, el sentimiento cálido y resignado de una mujer que había canalizado su amor no correspondido en una dedicación abnegada y una eficiencia sin parangón. Comenzó a trabajar para Keitel cuando este era solo un prometedor catedrático de matemáticas cuyos estudios sobre lógica empezaban a dar que hablar. Fue su mano derecha en los momentos de éxito y reconocimiento y estuvo también a su lado en lo que ella llamaba «la época oscura».

Hacía mucho tiempo que Eloise no pensaba en aquellos meses y Keitel nunca hablaba de ello. Había un pacto de silencio al respecto y Eloise era una fiel secretaria. Por otra parte, aunque hubiera querido contar algo, no hubiera podido dar demasiados detalles. A mediados de los noventa

Keitel estuvo inmerso en una vorágine de actividad casi maniática que lo aisló de todo y de todos. Por algún motivo la universidad le permitió abandonar la docencia y dedicarse en cuerpo y alma a su nueva investigación. Keitel se pasaba horas y horas en la biblioteca y llenaba cuadernos y cuadernos que luego dejaba tirados por cualquier sitio. Apenas comía y sin darse cuenta empezó a descuidar a su esposa. También en eso Eloise estuvo al pie del cañón, cuidando de Sara, una mujer jovial y dulce a la que Eloise jamás hubiera hecho daño de manera intencionada. Formaban un extraño triángulo cuyo vértice era Alfred. Pero Keitel se estaba convirtiendo en un vértice invisible, en un desconocido. Si su investigación de aquellos años avanzaba o no era algo que Eloise no podía decir. Recordaba perfectamente que por alguna razón la toma de contacto de Keitel con los ordenadores le cambió el carácter durante meses. Empezó a colaborar con los mejores informáticos de la universidad y a leer sobre el tema. Una mañana Eloise le encontró subrayando párrafos del *Tractatus* de Wittgenstein y de una revista sobre los últimos avances en informática al mismo tiempo. Y parecía lívido, ausente. Levantó la vista y miró a su secretaria con ojos enrojecidos. Eloise no había olvidado esa mirada. Semanas después, Alfred le pidió que archivara todas sus notas y cuadernos y pidió la excedencia como investigador y docente en activo. De eso había pasado más de una década. Los dos seguían juntos aunque como secretaria de un profesor honorario retirado los servicios de Eloise se limitaban a seleccionar la correspondencia y atender las muchas peticiones que le llegaban a Alfred para que participara en congresos o ciclos de conferencias gracias a las cuales se mantenía en forma y su prestigio seguía intacto. Además, esa actividad le había ayudado a superar la muerte de Sara. Así que en cierto sentido todo estaba en orden. Por todo ello, Eloise no podía explicar la inquietud que la dominaba desde hacía unos días. Sabía que el motivo de esa inquietud era ese joven tan insistente, y especialmente el efecto que había producido en Keitel. La mirada de su jefe volvía a brillar, pero Eloise conocía ese brillo. Era el brillo fascinado y casi lunático que recordaba haber visto en su jefe en «la época oscura».

Por eso recibió las instrucciones de Keitel de ponerle en contacto con Farrell con aprensión. Ese chico tenía hielo detrás de los ojos. Chant lo recordaba de pie frente a su escritorio hacía dos semanas, con las manos en los bolsillos de un abrigo de *tweed* y el flequillo moreno que le rozaba el cristal de las gafas.

–Solo quería asegurarme de que mis cartas le están llegando al profesor Keitel –le dijo a Eloise con un tono de voz educado y jovial pero demasiado modulado en su opinión.

–Procuro cumplir con mi trabajo eficazmente, señor Farrell.

–No lo dudo. Pero imagino que Keitel recibe mucha correspondencia y usted debe seleccionar lo que cae en sus manos.

–Correcto.

–¿Entonces?

–Entonces nada señor Farrell, si el profesor Keitel tuviera interés en hablar con usted ya lo habría hecho.

–Esa es la cuestión señorita Chant. Al profesor Keitel le interesa mucho hablar conmigo aunque todavía no lo sepa.

–Es usted un poco engreído.

–Impaciente, nada más, señorita Chant.

–Un pecado de juventud. Se le pasará con el tiempo. Y ahora, si me disculpa, tengo cosas que hacer.

Entonces John Farrell miró a la puerta que daba acceso al despacho de Keitel.

–¿Está él aquí ahora?

–Eso no es de su incumbencia, y además el profesor Keitel no recibe personalmente a estudiantes.

–Entiendo. Disculpe las molestias, señorita Chant.

–Está disculpado.

Eloise se puso a teclear en su ordenador para dar por zanjada la conversación mientras observaba disimuladamente a Farrell marcharse. Pero antes de salir John se dio la vuelta y le hizo una pregunta más.

–¿Usted no sabe por qué Keitel abandonó sus investigaciones, verdad?

Eloise Chant sintió un repentino vacío en el estómago al oír eso. La voz de aquel joven era ahora directa como un disparo e igualmente impersonal. Eloise movió la cabeza con lentitud y le miró a los ojos.

–Márchese, por favor.

Y John Farrell se marchó. Dos días después llegaba otra de sus cartas para Alfred Keitel. Estaba claro que no se iba a rendir.

Y cuando Eloise Chant colgó el teléfono, después de que Keitel le pidiera todos los datos de John Farrell, supo que finalmente ese joven había ganado.

Esta certeza iba acompañada de un sentimiento que Eloise Chant se resistía a poner en palabras. Desde el instante en el que Farrell cruzara la puerta del despacho de Keitel a ella le sería casi imposible seguir protegiendo a su jefe.

Tal vez la segunda época oscura estaba a punto de empezar.

Intentando alejar esos pensamientos, Eloise metió en una carpeta todos los datos de John Farrell y entró en el despacho de Keitel.

–La información que me pidió –dijo dejando la carpeta sobre el escritorio de madera de cedro de Alfred.

–Gracias, Eloise.

Keitel parecía distraído, mirando por la ventana con la barbilla apoyada en sus manos cruzadas.

–¿Se encuentra bien?

Alfred sonrió. La sonrisa más triste que Eloise había visto en su vida.

–Por supuesto.

Eloise asintió sin añadir palabra y se dio la vuelta, pero antes de salir la voz de su jefe la detuvo.

–Un momento, Eloise.

–¿Sí?

–¿Qué opinas de John Farrell?

–No opino nada.

–Entiendo. No te gusta.

Eloise no dijo nada. Se conocían demasiado bien como para tener que explicar las cosas.

–Es posible que Farrell empiece a venir por aquí con frecuencia.

–Entiendo.

–Si quieres puedes empezar ya tus vacaciones de Navidad.

–Solo estamos a ocho de diciembre.

–Lo sé, Eloise. Pero estos días preferiría estar solo.

–Solo con John Farrell, quiere decir.

Alfred y Eloise se sostuvieron la mirada durante un rato en el que muchas cosas flotaron en el aire con una elocuencia en la que los roles de jefe y secretaria desaparecieron. A él le pareció que ella estaba a punto de llorar y que ambos compartían los mismos temores.

–No te preocupes por nada, Eloise.

–Eso es mucho pedir, Alfred.

Y tras decir esto, Eloise Chant salió del despacho de Alfred Keitel.

En ese momento ninguno de los dos podía sospechar que sería la última vez que ella cruzaría esa puerta.

6

Frédéric Chopin moría el 17 de octubre de 1849 en el número 12 de la Place Vendôme. Tenía 39 años, casi la misma edad que John Lennon cuando fue asesinado.

Pero a diferencia del músico de Liverpool, Chopin sí que fue consciente mientras componía la *Mazurca en Fa menor* (Op. 68 nº 4) de que aquella era su última obra para la posteridad. Antes de morir pidió a sus allegados que destruyeran todas las partituras que tenía dispersas por ahí, pues a muchas de ellas no las consideraba dignas. Por suerte nadie cumplió con su voluntad. Sin embargo, cuando un genio muere a los 39 años, mueren con él todas las futuras obras que hubiera compuesto de haber seguido vivo.

O al menos esa es una forma de ver las cosas.

La otra forma es que esa música ya existe. Lo que se pierde con la muerte de su futuro «autor» es su capacidad de componer, de darle forma a esa música. Un paisaje que nunca sea pintado no es necesariamente un paisaje que no exista.

–Feliz cumpleaños, hijo. Se me hace raro verte un lunes por aquí.

–Tardarás años en volver a repetir la experiencia. Concretamente hasta el 2014.

–Soy una mujer muy paciente.

Tras una breve discusión por teléfono, Mary y su hijo habían acordado celebrar el cumpleaños de este con una tranquila cena familiar, a pesar de que Henry había insistido en reservar mesa en algún selecto restaurante londinense. John se había mostrado tajante; tenía que ser en casa de sus padres.

Y allí estaban de nuevo los tres.

John se sorprendió al ver que sus padres se habían vestido elegantemente. Mary estaba muy guapa, con el pelo suelto y las mechas castañas brillantes sobre las canas que no se molestaba demasiado en disimular. Henry llevaba un traje oscuro, camisa a rayas y corbata. Su hijo se sintió conmovido. Hacían una bonita pareja. John pensó que aquella era una combinación perfectamente armónica. Un sistema binario completo y perfecto.

La cena transcurrió en un ambiente relajado. Nada de política ni matemáticas. En lugar de ello, la habitual (e inconfesablemente molesta para él) sesión de recuerdos sobre la infancia y adolescencia de John.

–¿Te acuerdas de que en muchos de los conciertos de tu padre te salías al vestíbulo a esperar que terminara? –le preguntó su madre.

–Vagamente.

–Siempre entrabas al oír los primeros aplausos –añadió Henry guiñando un ojo a su hijo–. Me di cuenta de que tus intereses iban por otro lado.

–Aprendí a tocar el piano –murmuró John a modo de disculpa.

Su madre le acarició la mejilla con ternura mientras añadía otro trozo de pescado en el plato de John.

–Bueno querido, que de una poetisa y un músico salga un matemático no deja de tener cierta lógica –dijo Mary.

La palabra mágica. A John se le abrieron los ojos como si alguien acabara de hacer una reflexión trascendental.

–¿Tú crees, mamá? ¿En qué sentido?

–Bueno, yo trabajo con escalas y armonías y tu madre con la métrica. Tú mismo dices siempre que todo es matemáticas. –Fue Henry el que contestó.

–Es cierto. Tenéis razón.

De nuevo John adoptó su pose de innecesaria seriedad a la que sus padres no sabían como enfrentarse. Separó minuciosamente las espinas del pescado y sin que entendieran muy bien el motivo sonrió tras unos segundos de concentración. Henry y Mary se miraron aliviados. Ella sirvió un poco más de vino en las copas.

–Quiero hacer un brindis –dijo en tono solemne.

Padre e hijo dejaron de comer y agarraron sus copas.

–Por nuestro hijo John y por la chica que traerá a cenar el año que viene y que todavía ninguno de los tres conocemos.

–Salvo que John tenga una vida sentimental que ignoremos –intervino Henry a lo que John contestó con un encogimiento de hombros y una expresión de exagerada inocencia.

–En cualquier caso, esté donde esté esa chica... brindemos por que se porte bien hasta conocer a nuestro John.

–Brindo por ello –dijo Henry levantando su copa.

–Y por que se porte muy mal cuando la conozca, no os olvidéis de eso –dijo John repitiendo el gesto de su padre a la vez que miraba a una suavemente escandalizada Mary.

Chocaron las copas y bebieron. Podía sentirse una placidez muy especial. En muy pocas ocasiones John dejaba de ser consciente de sí mismo y de todo lo que le rodeaba y preocupaba, como si una parte de su mente nunca desconectara. Una vez leyó una frase de Bobby Fisher en la que decía que un 1% de su mente no pensaba en el ajedrez y que no entendía el motivo. A John esa frase le aterrorizó porque la entendía perfectamente. Pero en esos momentos, compartiendo vino y bromas con sus padres, pudo desconectar y disfrutar sencillamente del momento.

Fueron apenas unos minutos, pero su valor era incalculable.

Hasta que recordó qué era lo que había traído en su mochila.

Henry notó que algo había pasado fugazmente por la mirada de John, pero no dijo nada. Terminaron el segundo plato con felicitaciones a Mary, y esta se levantó a por el postre.

–Te ayudo –dijo John.

Mary le miró extrañada. Ese solía ser el momento de intimidad masculina.

–Gracias, hijo.

Entraron en la cocina. Sobre la encimera había una tarta de manzana con un montón de velas clavadas.

–Tranquilo, no son veintiocho, tantas velas le darían un aspecto lamentable a la tarta –dijo Mary–. Coge tres platos y cubiertos del armario, por favor.

–Quería preguntarte algo.

–Tú dirás, hijo.

–¿Cómo se encuentra papá?

Mary apoyó de nuevo la tarta sobre la encimera y suspiró.

–Es un hombre fuerte. Los dolores aún son bastante soportables y la medicación le ayuda. O al menos eso es lo que dice él.

–¿Y tú qué piensas?

–Bueno, hay noches en que le oigo lamentarse cada vez que se mueve un poco. Imagino que no sabe donde apoyar las manos. Él cree que estoy dormida, claro.

–¿Y ya casi no puede tocarte?

Mary se sorprendió por la inesperada franqueza de la pregunta de su hijo, pero no la encontró ofensiva sino llena de una compasión que John pocas veces mostraba.

–Tu padre es muy cariñoso, John –dijo con un nudo en la garganta.

–Y tú una mujer muy bella, mamá.

Mary abrazó a su hijo. Entre los brazos de John tuvo la súbita revelación de que Henry y ella saldrían adelante, que la vida les había tratado muy bien y que si ahora venía el destino a cobrar su factura estaban preparados para todo. Juntos. Y con la ayuda de John. No sabía cómo decirle a su hijo que Henry era capaz todavía de acariciarla como si pasara los dedos suavemente por un teclado, que después de tantos años juntos ambos habían adquirido una impagable sabiduría que ninguna enfermedad les arrebataría jamás, que en la oscuridad de su dormitorio el mundo era más sencillo y más complicado de lo que Mary se sentía capaz de explicar a pesar de que las palabras eran su pasión y su mayor destreza. Pero posiblemente John lo entendió todo en ese abrazo silencioso y largo. Acarició el cabello de su madre y le susurró un «gracias» al oído.

Y supo que había llegado el momento de dar a su padre lo prometido.

–Deja la tarta ahí. Tengo algo para vosotros –le dijo a su madre.

–Se supone que es tu cumpleaños.

–También es un regalo para mí.

Madre e hijo volvieron al salón. Sentado en su sillón, Henry miraba pensativo el vino de su copa.

–¿Y ese postre?

Mary se encogió de hombros mientras John iba hacia su mochila.

–Tengo algo más importante, papá.

Abrió la cremallera y sacó una carpeta. Henry y Mary empezaron a percibir una extrema ansiedad en su hijo que este no sabía muy bien como focalizar. Una arruga de intensa concentración le cruzaba la frente haciéndole parecer repentinamente más mayor.

–¿Puedes sentarte? –le preguntó a Henry.

–Estoy sentado, John.

–Sentarte al piano, papá.

Henry se puso rígido. Todavía tocaba con fluidez y de hecho estaba perdiendo más la confianza psicológica en sus manos que su capacidad física, pero la petición de su hijo le sorprendió por su tono excesivamente firme.

–John... –murmuró Mary que, sin saber el motivo, empezaba a tener miedo.

–Todo está bien, mamá.

Henry se levantó apoyando cuidadosamente las manos.

–Es tu cumpleaños, hijo. Tú mandas.

Fue hasta la banqueta de madera y terciopelo, se sentó y levantó la tapa del teclado. Siempre sentía lo mismo al sentarse frente a su viejo piano, con el que por condición expresa daba todos sus recitales. Era una sensación de respeto y complicidad. Aquello era cosa de dos. Nunca había visto a los instrumentos como objetos pasivos, y tal vez ese era el secreto de su virtuosismo: tocar de una forma más empática que técnica. Pasó las yemas de los dedos por el teclado, buscando notar la receptividad casi eléctrica que sentía cuando los dos estaban preparados para empezar.

–¿Y bien? ¿Alguna petición?

John sacó una partitura de su carpeta y la colocó frente a su padre.

–¿Qué es?

–Adivínalo. Yo pasaré las hojas, conozco muy bien la partitura.

Mary se colocó detrás de su esposo, apoyando las manos en sus hombros. Parecía que los tres estuvieran posando para una fotografía. Un día en la vida de un músico famoso.

Henry observó la partitura interesado y confuso al mismo tiempo, como quien ve una cara conocida que no acaba de identificar. Su corazón latía emocionado.

Mary le besó en la mejilla. La cara de John no reflejaba nada especial.

El tiempo pareció suspendido unos segundos, denso e inmóvil.

El instante antes del relámpago; energía a punto de cobrar forma.

Los dedos de Henry Farrell bailaron sobre las teclas de su piano.

Notas melancólicas pero nada afectadas parecieron llover sobre el salón, acompañadas de una brisa melódica que lo envolvía todo con la misteriosa caricia de una noche perfumada de orquídeas. Así lo expresaría Mary días después. En ese momento no encontraba palabras, no las buscaba, no las necesitaba. Henry parecía un hombre más joven, sus manos avanzaban con la seguridad de un amante cuidadoso y experto, y ella conocía esos movimientos, casi podía sentir la pulsación de cada nota en su piel, como si la música resonara en su cuerpo en un *crescendo* sensual y efímero. La música era triste como las cosas bellas que se marchitan, y suavemente alegre como un inesperado día soleado en invierno visto desde la ventana de una mansión vacía. Henry diría más tarde que se sintió como un aristócrata del antiguo régimen tocando el piano mientras los revolucionarios llaman a la puerta y el mundo se derrumba y nace al mismo tiempo.

Fueron seis minutos treinta segundos.

Henry dejó las manos sobre el teclado unos instantes. Su mujer le apretaba los hombros con fuerza. Nadie parecía dispuesto a decir nada.

Fue John el que habló en un tono neutro.

–¿Y bien?

–Es una composición magnífica.

John se relajó al oír eso y su cara cambió en el acto.

–Me alegro.

En ese momento sonó el teléfono móvil de John, y este dio gracias en silencio por que no hubiera sonado mientras su padre tocaba. Lo sacó del bolsillo y miró la pantalla. La sincronía le pareció abrumadoramente perfecta. Las palabras DESPACHO KEITEL parpadeaban al ritmo del timbre del teléfono.

–Creo que tengo que irme.

Abrazó a sus padres con más afecto de lo que era normal en él. El móvil dejó de sonar pero no importaba. Se puso el abrigo y prometió tenerles informados.

–Pero hijo… –dijo Mary sin saber como terminar la frase.

–Todo está bien, mamá.

Ella asintió.

John salió de la casa de sus padres sin tan siquiera haber recibido sus regalos.

Sus padres, a solas, se miraron. Muchas preguntas sin respuesta se agolpaban en sus ojos, unidas a un repentino deseo y a una maravillosa conciencia de sí mismos.

Entonces Mary dio la vuelta a las partituras hasta encontrar la primera página.

SONATA PARA HENRY Y MARY FARRELL. Por Frédéric Chopin.

7

En persona, Alfred Keitel le pareció un hombre afable y cansado, como si mantener una conversación le supusiera un esfuerzo o estuviera pensando en todas las cosas que podía estar haciendo en vez de perder una tarde con John Farrell.

Este había llegado hacía más de dos horas y lo primero que llamó su atención fue encontrar el escritorio de Eloise Chant vacío. Fue el propio Keitel el que le recibió, con una media sonrisa y un apretón de manos.

–Señor Farrell...

–Llámeme John, por favor ¿La señorita Chant está bien?

–Me temo que colapsaste su paciencia, tuvo que pedirse unos días de descanso para visitar un balneario.

Le sorprendió esa muestra de sentido del humor en el profesor Keitel. Tras semanas inmerso en sus libros ascéticos y despiadados con el lector, John se esperaba a un hombre adusto y distante, y ahora le costaba reconocer en aquel agradable hombre de setenta años al autor de *La estructura subyacente* y de los inolvidables dolores de cabeza que su lectura le había provocado. Pasaron al despacho de Keitel. A John le impresionó su humildad, como si allí trabajara un profesor adjunto en lugar de uno de los más prestigiosos matemáticos de la segunda mitad del siglo XX. Una mesa repleta de papeles, una pequeña estantería, muchas fotos de Alfred con la que sin duda era su esposa Sara, y casi ningún testimonio de la cegadora carrera académica de Keitel. Este siguió la mirada de John por el despacho y pareció adivinar sus pensamientos.

–No suelo coleccionar recuerdos.

–Pero hay muchas fotos de su esposa –comentó John con su habitual y por algún motivo nunca molesta falta de tacto.

–Ella no es un recuerdo, John. Lo será cuando yo haya muerto.

–Lo entiendo.

–Tienes 28 años. No puedes entenderlo.

John no tuvo más remedio que asentir. No había nada de acritud en el tono de Keitel, solo la simple constatación de un hecho, de la misma forma en que podría haber indicado a John que tenía una mancha en la camisa.

–Pon tu abrigo por ahí y siéntate.

No había perchero, así que apoyó su abrigo en una de las dos sillas que había frente al escritorio de Alfred y se sentó en la otra.

–¿Quieres una copa?

–Una cerveza estará bien.

–¿Has visto algún frigorífico por aquí John? O whisky o nada –dijo Keitel sacando una petaca plateada y dos vasos de un cajón de su escritorio.

–Tomaré ese whisky, gracias.

–¿Sabías que el 60% de los mejores matemáticos de este siglo tuvieron problemas con el alcohol?

–No, no lo sabía.

–Es que no es verdad. Pero resultaría estimulante si lo fuera –dijo Keitel llenando el vaso de John y levantando el suyo para hacer un brindis.

–¿Por qué brindamos? –preguntó John.

Keitel pareció sopesar la pregunta de John mientras dejaba que el licor se asentase, moviendo lentamente el vaso con movimientos circulares.

–¿Por la impertinente insistencia de los novatos?

–¿O por la desesperante indiferencia de los veteranos?

Keitel vio que John se adaptaba pronto y que desde luego no era fácil de amedrentar. Tenía sentido del humor, se sentía seguro de sí mismo y de una forma vaga y despreocupada le caía endiabladamente bien.

Chocaron suavemente sus vasos y dieron el primer trago de la tarde. El whisky era de excelente calidad, añejo y poderoso, y John sintió que empezaba a saber bailar al ritmo de Keitel. O viceversa.

–Supongo que ya podemos dejar los preámbulos, John. ¿Por qué estás aquí?

–Esperaba que usted me diera esa respuesta.

–¿Y eso?

–Tengo intuiciones que me sobrepasan, y en parte usted es el culpable.

Alfred cruzó los dedos y apoyó las manos sobre la mesa. Se sentía sereno y al mismo tiempo empezaba a notar una poderosa vibración en el pecho, como un pájaro que intuye un terremoto.

–Te escucho, John.

–Es una larga historia.

–Que no te confunda mi edad. Tengo tiempo de sobra todavía.

–De acuerdo.

John bebió un trago más de whisky, no sabía si para aclararse la garganta o la mente. Había repasado cada palabra de lo que quería contarle a Keitel decenas de veces desde que recibiera su llamada el día de su cumpleaños en casa de sus padres y concertaran la cita para el día siguiente. Por lo tanto dejó que su relato fluyera.

–Tal vez el responsable de esto sea Mark Champan...

Le parecía una buena forma de empezar. Luego una cosa llevó a la otra. Por supuesto Keitel ya conocía parte de la investigación de John tras su conversación con Samuel Bates, pero se daba cuenta de que en los labios de Farrell adquiría otro tono, una convicción distinta.

–En realidad no era teóricamente muy difícil, y sus libros me dieron la clave. Toda estructura reducible a lenguaje matemático puede ser vista como una serie lógica autorrepetida. Entonces la música también. Empecé por Chopin; la opción de John Lennon tenía el inconveniente de las letras. Demasiados factores que descomponer. En cambio una partitura para piano puede ser increíblemente compleja, pero no deja de ser una estructura con un número finito de elementos repetidos en una serie limitada de variables. Así que con una partitura de Chopin di a cada elemento un valor numérico, a cada nota, en cada escala, a todo. Y desarrollé un programa informático que sencillamente continuara esa serie lógica, como una de esas pruebas para tests de inteligencia del tipo «Cuál es el número siguiente en esta serie; 2, 4, 16...».

–Parece sencillo.

–Pero salió mal. El programa se limitaba a desarrollar una partitura que era casi la repetición exacta de la que programé. Había que ir más allá. Repetí el proceso con al menos cincuenta partituras e hice que el programa buscara patrones estructurales. Es decir, por qué la música de Chopin no se parece a la de Mozart ni la de Mozart a la de Paul McCartney. Cada uno se mueve en una estructura matemática que es la que da unidad estilística a sus composiciones. Esa es la idea. Una vez que el programa memorizó todas las series numéricas, el siguiente paso era no solo que desarrollara una serie lógica con la misma estructura, sino que no repitiera ninguna de las series, que creara una combinación nueva.

–Los mismos colores, otro cuadro.

–Exacto. Más o menos lo que Chopin hubiera compuesto de haber seguido vivo. Lo que no hubiera tenido otro remedio que componer.

Alfred se estremeció al oír esas últimas palabras. Aunque lo que le había provocado un súbito sudor frío fue la constatación de que Farrell había desarrollado un programa de ordenador como ese, con esa capacidad. Por supuesto no tenía nada de excepcional en sí mismo, no era más que un juguete con buena memoria haciendo trucos de lógica. El problema era las posibilidades que otorgaba. Por eso odiaba los malditos ordenadores.

Tras terminar de hablar, John le pasó a Alfred una serie de partituras y una cinta en la que un amigo suyo que daba clases en el conservatorio le había grabado varias de esas composiciones.

–Imagino que te llevó muchísimo trabajo –dijo Alfred para aparentar que nada de lo que había escuchado le llamaba demasiado la atención.

–Sí.

–Pero sigo sin entender qué haces aquí. Tal vez este hallazgo deberías compartirlo con el departamento de musicología.

–La música no tiene nada que ver con esto, profesor Keitel, y usted lo sabe.

–¿Entonces con qué?

–Con la lógica. Como todo lo demás.

En ese momento ambos se miraron como dos tahúres ante una mano de cartas decisiva. El joven aspirante cargado de arrogancia que tal vez vaya de farol, y la vieja leyenda a la que le empiezan a temblar las manos.

–Ya escribí sobre eso en mis libros.

–Pero no lo escribió todo.

–¿Qué quieres decir?

–Sus ensayos avanzaban por caminos teóricamente audaces, empezaron a aplicarse sus ideas en el campo de la economía o en el de control del tráfico aéreo.

–O en la composición de obras musicales de compositores muertos.

John obvió el comentario, parecía imparable en su argumentación.

–Y sin embargo, cuando parece que esas ideas van a fructificar necesariamente en algo grande, abandonó. Sin más.

–No pensarás que voy a justificar mi decisión ante un estudiante.

–No, profesor Keitel, lo que quiero que entienda es que yo veo la conclusión de sus estudios, que lo tengo claro desde que empecé a ver que mi trabajo con las partituras tenía sentido.

–Ilumíname, John.

–No es fácil de expresar.

Keitel pensaba que sí, que era asombrosamente fácil de explicar, que solo había que quitarse el velo de los ojos para ver la luz.

–Profesor Keitel…

–Te escucho.

–¿Y si todo tuviera una estructura subyacente?

–¿Qué quieres decir con todo?

–Todo. Toda la realidad que nos rodea. Como si todo formara un sistema cerrado.

–En cierto sentido es así.

–Un sistema cerrado que inevitablemente se rige por reglas lógicas.

–Wittgenstein escribió que el límite del mundo son los límites de la lógica.

–Lo sé. Entonces… ¿podría descomponerse la realidad matemáticamente y encontrarse esas leyes lógicas?

Alfred supo que ese era el momento de dar por zanjada la conversación y de pedirle a Farrell que se marchara y se olvidara de ideas absurdas. Pero ya era tarde. Ese brillo en los ojos de John no se apagaría tan fácilmente, así que mejor estar cerca cuando su luz lo cambiara todo. De modo que cuando Alfred Keitel contestó a la pregunta de John supo que no habría vuelta atrás.

–Por supuesto que se puede, querido John. El problema es si se debe.

John Farrell no pareció escuchar la segunda parte de la respuesta.

Afuera ya había atardecido.

8

En sus siguientes encuentros, Alfred y John se dedicaron básicamente a hablar.

Paseaban por el campus compartiendo impresiones, divagando, o tomando té en el despacho de Keitel por las tardes y whisky por las noches.

Farrell empezó a descuidar sus obligaciones en el departamento para irritación de Bates, que observaba desde la ventana de su despacho a su viejo profesor y a su alumno enfrascados en conversaciones de las que John nunca le hacía partícipe.

El domingo, John incluso invitó a Alfred a comer en casa de sus padres, y este aceptó encantado. Henry todavía no había terminado de asimilar lo que su hijo había conseguido, y aunque no lo reconociera abiertamente, John sospechaba que no le gustaba demasiado, que lo consideraba una especie de profanación. Henry no volvió a tocar ninguna de las composiciones elaboradas por el programa de John y este no se lo volvió a pedir. Recibieron y trataron a Keitel con gran amabilidad, este compartió recuerdos de su infancia en Londres tras la Segunda Guerra Mundial, e incluso recordó haber asistido a un concierto de Henry hacía unos años.

–Mi esposa era una gran aficionada.

La comida transcurrió de forma agradable, pero en el aire flotaba algo extraño, un temor sin forma que no se sabía bien de qué o de quién provenía. Mary estaba preocupada. Notaba a su hijo en una especie de maniática concentración, eufórico y encerrado en sí mismo a la vez.

Alfred, por su parte, se debatía entre la culpabilidad, el miedo y el oscuro placer intelectual de observar cómo John seguía los pasos, interpretaba las señales, veía las relaciones ocultas y llegaba a conclusiones.

Una tarde caminaban en silencio por un lago artificial cercano al campus, con un termo lleno de té caliente, Alfred protegiéndose del frío con una bufanda hasta la nariz y John con las gafas empañadas y el flequillo sobre la frente.

–He estado pensando mucho, profesor.

–Tú dirás.

–Creo que todas sus ideas podrían reducirse a una sola.

–Eso no es muy halagador.

–Al contrario. Me parece de una sencillez deslumbrante. Aparece en uno de sus artículos menos conocidos, publicado poco antes de su abandono.

–Refréscame la memoria.

–«El mundo no puede llevar la contraria a las matemáticas».

Alfred se detuvo. Había pequeñas superficies heladas sobre el lago, y algunos patos se acurrucaban inmóviles en la orilla. Dos estudiantes pasaron haciendo *footing* cerca de ellos y a lo lejos se escuchaba el ruido de tráfico por la carretera que salía de la ciudad. Había una armonía intangible en todo aquello, una armonía que Alfred siempre buscaba con su mirada, como si eso le reconfortara y convirtiera las ideas de John (y las suyas propias) en mera retórica sin ninguna conexión con la realidad.

–¿Qué quieres decir, John?

–Posiblemente lo mismo que quiso decir usted cuando escribió esa frase.

–No juegas limpio.

–Usted tampoco.

A Alfred le hubiera encantado poder enfadarse con Farrell, pero agradecía su sinceridad. Había conocido a muchos matemáticos cuyas capacidades sociales eran nulas, pero el caso de John era distinto. Su ausencia de rodeos era la de un cirujano que no quiere perder el tiempo hablando del fin de semana con las enfermeras mientras abre el pecho a un paciente con el bisturí sin dejar de prestar atención a sus constantes vitales. Alfred tenía muy claro a quién le correspondía el papel de paciente en esa analogía. Al menos tenía que admitir que John era hábil con el bisturí.

9

Días antes de que sus padres se fueran finalmente de viaje, John Farrell pasó su primera tarde en casa de Alfred Keitel, un edificio de dos plantas estilo Tudor demasiado grande para un hombre solo y en el que Keitel seguía viviendo como tributo a sus recuerdos. Prácticamente hacía toda su vida en la planta baja, y una vez por semana una asistenta hacía limpieza y ponía la casa en orden.

–¿Puedes creer que la señorita Chant se ofreció para hacer ese trabajo?

John sonrió. Por supuesto que podía creerlo.

En la cocina se prepararon sandwiches fríos y té, lo pusieron todo en una bandeja y entraron en la biblioteca. A John le habían impresionado las dimensiones de la casa, pero la biblioteca le intimidó. Un espacio amplio con paredes forradas de madera oscura y estanterías que llegaban hasta el techo, sillones de cuero y una imponente chimenea al fondo cuyo resplandor iluminaba la estancia mientras el día iba declinando tras los grandes ventanales.

–No dejes que te abrume. Cuando compramos la casa estaba casi en ruinas. Lo que ves es el trabajo de toda una vida, más el de mi esposa que el mío.

–Debió de ser una mujer extraordinaria.

Keitel asintió, mirando la biblioteca y rememorando en silencio a su mujer.

–Siéntate, vamos a charlar un poco.

–¿Algún tema en concreto, profesor?

–Algo trivial. La realidad, para ir entrando en calor.

Dejaron la bandeja en una mesilla entre dos sillones y, antes de sentarse, Alfred fue a un pequeño mueble entre dos estanterías y sacó una botella de whisky y dos vasos de cristal grueso.

–Hay que respetar el ceremonial, querido John...

Sentados allí, ante el resplandor naranja del fuego que hacía emitir destellos del licor, parecía que estaban en un selecto club para exalumnos de Eton o en alguna sociedad geográfica en la que hombres de mundo compartían experiencias y fanfarroneaban recordando la gloria nunca extinta de un imperio que ya solo existía en sus corazones. Ambos se dieron cuenta del aspecto casi estereotipado que tenían en aquel momento y no pudieron evitar intercambiar una sonrisa.

–Querido profesor Keitel... –declamó John levantando su vaso.

–Estimado colega... –contestó Alfred haciendo lo mismo.

Esos brindis se habían convertido en un ritual previo a sus conversaciones, en el punto de inflexión a partir del cual cada palabra podía marcar la diferencia.

–La realidad, John...

–Le escucho, profesor.

–Piensa en el enunciado de un problema, no tiene que ser complicado.«Un hombre se despierta a las ocho, tarda media hora en prepararse y veinte minutos en llegar a su trabajo ¿A qué hora llegará?». Soluciónalo y ahí tendrás tu respuesta a la duda de si la realidad puede reducirse a matemáticas.

John miró a Keitel desconcertado, como si sintiera que le estaba gastando una broma pesada a la que no conseguía encontrar la gracia. Pero el tono y la expresión de Keitel no eran irónicos en absoluto. Miraba a John con una concentración casi agresiva, como si en su respuesta estuviera todo en juego. Algo en el interior de Farrell se resistía a contestar, como si descender a ese nivel supusiera un insulto para todas las expectativas que habían crecido en él en los últimos días.

–Profesor...

–Contesta, John.

–Es ridículo.

–Contesta o márchate de mi casa inmediatamente.

Lo decía en serio. De pronto parecía un hombre distinto. John obedeció.

–Llegará a las nueve menos diez.

–Ahí lo tienes.

–¿Qué tengo?

–Tienes una realidad sometida a las leyes de las matemáticas. Ese hombre llegará a esa hora porque no tiene otro remedio. Porque hay una ley superior a él que tiene que cumplir.

–Salvo que decida detenerse por el camino.

–En ese caso estaría obedeciendo a una ecuación con un factor más –dijo Alfred.

–O la ecuación tendría que transformarse, adaptarse a él.

–Estamos ante un problema matemático. Nuestro hombre no tiene voluntad.

–Pero en la vida real…

–Estoy hablando de la vida real, John.

John abrió la boca pero sus dudas se esfumaron antes de ser expresadas, reducidas a la nada ante una súbita explosión de claridad que le pareció casi un arrebato místico. Era así de sencillo. Hermoso, irrefutable, enorme como una estatua gigantesca en un rincón del jardín de tu casa que has ignorado durante años hasta que una mañana te das de bruces con ella.

Alfred se cruzó de brazos y apoyó su espalda en el respaldo del sillón. Durante unos minutos, ninguno dijo nada. Tan solo el sonido de la leña consumiéndose en el fuego rompía el silencio sepulcral de la biblioteca.

–No creo haberlo entendido del todo... –balbuceó John.

–Supongo que esa es la reacción normal.

–Necesito profundizar más, profesor.

–Ya has visto el camino. Hasta donde llegues en él es cosa tuya.

–¿Hasta dónde llegó usted?

Era el momento de levantar la lápida bajo la que yacían los recuerdos de Alfred Keitel y John Farrell le parecía un buen testigo de la exhumación.

En su mayor momento de gloria, Keitel se movía en el confortable terreno de la abstracción. En sus mejores ensayos apenas había una sola analogía con lo que Farrell llamaba «la vida real». Las ecuaciones, teorías e hipótesis de Keitel solo trataban de sí mismas, en una especie de círculo hermético en el que nunca se filtraba el aire enrarecido del mundo material. Se sentía bien en ese universo de posibilidades intelectuales, e investigar sobre sistemas lógicos cerrados le permitía experimentar el poder creador de un pequeño dios. Hasta que un día, mientras veía la televisión al lado de Sara, un periodista que analizaba las consecuencias de la recesión económica o algún tema similar, utilizó la palabra «sistema».

El sistema afronta una crisis.

El sistema terminará regenerándose.

Le llamó la atención. Como en sus investigaciones, aquel periodista parecía utilizar ese concepto como algo superior, dotado de sus reglas y de vida propia. Pero al fin y al cabo en ese sistema estaban incluidos seres humanos con sus tendencias, caprichos, anhelos, errores y virtudes. Ellos eran el sistema. ¿O solo formaban parte de él? En ese caso, ¿quién o qué dictaba sus normas? Estas preguntas se le olvidaron antes de terminar el postre. Pero a partir de ahí, cada vez que leía la prensa o veía la televisión, buscaba inconscientemente la dichosa palabra, como un buscador de tesoros que espera encontrar indicios en cualquier parte. Y lo cierto es que ese extraño «sistema» estaba por todas partes. Sistemas económicos, sistemas políticos, manifestaciones antisistema, venderse al sistema, oponerse al sistema.

Y si algo sabía Alfred es que las reglas de un sistema están por encima de sus componentes. Y que esas reglas eran cuantificables y reducibles a las normas inmutables de la lógica. Y al igual que en las composiciones musicales de John Farrell, todo sistema lógico se podía prever, continuar.

Pero en ese momento no era en notas musicales en lo que Keitel pensaba. Era en seres humanos, personas de carne y hueso. Ahora bien, en un sistema no podía existir la voluntad, el libre albedrío, lo imprevisible. Ludwig Wittgenstein: «Por eso en la lógica tampoco puede haber nunca sorpresa».

–Volvemos a él –dijo John aprovechando una pausa en la historia de Alfred.

–Cierto. «La lógica llena el mundo; los límites del mundo son también sus límites» –recitó Keitel de memoria.

La biblioteca estaba ya prácticamente a oscuras y el fuego se iba consumiendo. Alfred se levantó y echó otro trozo de leña en la chimenea. Hacía un poco de frío, pero por algún motivo a John le pareció que encender la luz eléctrica rompería la trascendencia del momento. Sentía como si estuviera en una ceremonia iniciática de transmisión del conocimiento, y cuanto más hablaba Alfred más podía adelantarse al curso de sus razonamientos. Porque en el fondo eran los mismos que los suyos.

Alfred miró la bandeja, los sandwiches intactos, el té ya demasiado frío, desprovisto todo de su sentido originario en unos minutos. Le pareció triste y premonitorio, y siguió hablando. Le explicó a John cómo empezó a experimentar en su pizarra con una idea al principio insensata o directamente infantil. A saber: dio a cada uno de los valores numéricos de un sistema una identidad. El hombre que se levantaba a las ocho para trabajar era un hombre real. Peter o Frank, para que John pudiera entenderlo. Suprimió las *x* y las *y* habituales en el lenguaje matemático por nombres de personas. Era un juego. Por supuesto si los sistemas seguían siendo matemáticamente limitados Peter y Frank se comportaban según lo previsto. Lo que hacía irrealizable aplicar esto en el sistema que Alfred llamó VIDA REAL era elemental; la imposibilidad de cuantificar y analizar el número abrumador de factores que interactúan en ese sistema. Por supuesto que Peter podía levantarse a las ocho para ir a trabajar, pero podía cortarse afeitándose, perder el metro, ser atracado en una esquina o morir de camino a la oficina. Las posibilidades eran exponencialmente ilimitadas.

–Pero no infinitas, ¿verdad?

–Verdad, John. No infinitas pero demasiado grandes para ser calculadas o valoradas por la mente humana.

–Pero no por otro tipo de mente.

–No por una mente capaz de ganar a un campeón al ajedrez. O de componer una partitura de Mozart a partir de una serie de datos.

–Lo suponía.

Por todo ello, Alfred empezó a tomarse esa idea más en serio. Comenzó a investigar sobre las posibilidades de la informática, un mundo que hasta ese momento no le había resultado especialmente atractivo. Y lo que descubrió le aterrorizó. Una vez leyó un artículo de Richard Feynman en el que este sostenía que en un futuro cercano toda la información contenida en todas las bibliotecas de la tierra podría almacenarse en un microchip del tamaño del punto con el que terminaba su frase.

–Y eso, querido John, es mucha más información de la que cabe en el trayecto de Peter a su oficina. Luego ese trozo de vida real podría ser reducida a un serie lógica, con todas sus variables.

–Pero las posibilidades seguirían rozando el infinito. Peter podría llegar a cualquier hora, no llegar nunca, tardar dos horas o un año o dos horas y tres segundos –argumentó John.

–No obstante, solo llegará a una hora posible. Mientras no se demuestre lo contrario no vivimos en un multiuniverso –dijo Alfred–. La pregunta es: ¿por qué Peter llega a esa hora y no a otra?

–Casualidad.

–Entonces me estás diciendo que el que dos más dos sean cuatro es casualidad.

–No es lo mismo –dijo John, sabiendo en el fondo lo que las palabras de Alfred significaban.

–Lo es. Peter llega a esa hora porque los factores posibles del sistema cerrado que es su vida, o del subsistema que es su camino de casa a la oficina, han actuado de una forma y no de otra. Y eso está por encima de él.

–Salvo que decida quedarse en la cama.

–Ha llegado al trabajo. No se quedó en la cama –objetó Alfred.

–Pero podía haberlo hecho.

–En un sistema distinto sí.

John necesitaba aclarar sus ideas antes de continuar. Sentía que el razonamiento de Keitel podía quedarse atascado en un círculo cerrado, pero al mismo tiempo vislumbraba la salida, la luz al final de ese túnel de lógica que se justificaba a sí misma.

–Es solo un ejemplo, John. Y explicado así es puramente abstracto. Salvo por una posibilidad; hacer con la vida de Peter lo que tú hiciste con la música de Chopin.

–La música tiene menos elementos.

–¿Le importaría mucho a tu ordenador que fueran más?

–No, pero yo no sabría ni por donde empezar a analizar las variables. ¿Tiene Peter novia o no? ¿Se estropea su despertador a menudo? ¿Padece de insomnio? ¿Hay esa semana huelga en los transportes públicos? ¿Peter tiene coche?

–Perfecto, John. Ahora imagina una cosa.

–¿Qué?

–Conoces a Peter. Eres Peter.

–No cambia demasiado las cosas.

Se estaban retando. John provocaba a Alfred simplemente para estimular sus respuestas, le ponía obstáculos en los que no creía solo para ver como Keitel escapaba de ellos.

–Cambia, John. Puedes introducir datos más fiables. Pasa un día entero introduciendo datos en tu prodigioso ordenador como hiciste con las partituras de Chopin. Convierte a la novia de Peter en una *y*, la media de densidad de tráfico en Londres a esas horas en la variable *f* y las posibilidades de ser atracado en el barrio de Peter en la variable *z*. Así con todos los datos que se te ocurran. Y deja que interactúen. Te darán la hora exacta a la que Peter llegará al trabajo. Él no lo sabe, pero matemáticamente es un hecho, una ley que él tiene que cumplir.

–Porque el mundo no puede llevar la contraria a las matemáticas.

–Si Peter llegara a una hora distinta dos más dos podrían ser cinco. El universo estaría mal escrito, y eso, querido John, está por encima de la voluntad de Peter. ¿Crees que en la armonía secreta que rige todo el sistema podría permitir que nuestro hombre se quedara en la cama? Peter no puede hacer eso. No debe hacerlo. Las matemáticas se lo prohíben.

Alfred se detuvo a tomar aire. Parecía agotado y entusiasmado a la vez. No tenía fuerzas para decir nada más, pero fue John el que habló.

–Usted se quedó a las puertas de poder adivinar el futuro, ¿no, profesor?

Keitel miró a John con una leve sonrisa en la cara.

–Algo mucho peor, John; por eso paré. No tuve fuerzas de comprobar la validez de mi teoría, especialmente cuando vi que el desarrollo de la informática me ponía esa comprobación al alcance de la mano.

–¿Qué quiere decir con algo mucho peor, profesor?

Alfred bebió lo que le quedaba en el vaso de whisky de un solo trago. Miró su reloj. Eran casi las once de la noche.

–Esa parte del camino no puedo enseñártela yo, John. Tienes un conocimiento que puede darte un poder que ningún hombre merece. O puede que todo sea fruto del delirio de dos matemáticos que han bebido demasiado alcohol y te toque a ti descubrir que nuestras ideas hacen agua. Ojalá sea así. Es lo único que puedo decirte, John Farrell. Es todo lo lejos que estoy dispuesto a llegar.

John entendió que no tenía sentido seguir haciendo preguntas. Pasó una hora más en compañía del viejo profesor mirando hipnotizado como las llamas devoraban los últimos trozos de leña, y se marchó.

Pasó los días siguientes sin hablar con nadie ni aparecer por el departamento. Un tarde se sorprendió marcando el número de teléfono de Keitel y colgando antes de que diera señal. Tuvo que salir de su aislamiento para ir a despedir a sus padres al aeropuerto. Finalmente se iban de crucero por las islas griegas.

–Le daremos recuerdos a Pitágoras de tu parte, hijo –dijo Henry antes de entrar al puente de embarque.

–Pasadlo muy bien. Os lo merecéis –dijo John, que en ese momento se sentía libre de preocupaciones, como si toda la conversación con Keitel hubiera sido un espejismo.

–Me da pena que pases las navidades solo, hijo –dijo Mary.

–Estaré bien, mamá. Tengo mucho trabajo, pero quedaré con algunos amigos, no te preocupes.

–Come bien, por favor.

Esta fue la última frase que Mary dijo antes de abrazar y besar a su hijo.

Henry y Mary subieron al avión.

John les dijo adiós con la mano.

No volverían a verse nunca más.

10

Aislamiento. Días de un silencio omnipresente. El apartamento de John se había convertido en la celda de un monje, la cueva de un ermitaño, un mausoleo.

El ordenador encendido veinticuatro horas al día, durmiendo a ráfagas, comiendo casi por inercia a horas absurdas. Duchas frías para aclarar la mente. El tiempo como algo carente de sentido. Un mundo más allá de las paredes que solo existía como la evidencia de algo obsoleto, incomprendido, una broma pesada que se había alargado demasiado.

El poder que nadie merece, había dicho Keitel.

Pero ningún conquistador eligió ser dueño de las fronteras descubiertas.

Estaba cerca. Tal vez había llegado ya. Un paso más, apretar un botón, terminarlo todo y empezar de nuevo.

Dos días antes de las vacaciones de Navidad decidió pasar por el Instituto para recoger sus cosas y despedirse de Bates por mera cortesía.

Había descuidado sus obligaciones y Samuel le había dejado en paz. Le debía al menos un apretón de manos y una muestra de gratitud. Por supuesto, sería su despedida. No pensaba seguir un día más como becario de nadie, y su investigación en el departamento de Bates había terminado. En honor a la verdad, la ayuda de Samuel Bates había sido intrascendente, pero no le culpaba por ello.

Era una mañana gélida. Su respiración formaba nubes de vaho y los cristales de las gafas se le empañaban cada dos por tres. Encontró los pasillos vacíos salvo por algún estudiante despistado que estaba esperando alguna nota o que tenía que devolver algún libro antes de volver a casa. Un chico que no conocía le deseó feliz navidad y John le devolvió el saludo con una sonrisa. Llegó al despacho de Bates y al ir a abrir la puerta vio que estaba cerrada con llave. Le extrañó. Samuel era un hombre metódico que cumplía sus horarios a rajatabla, y a esa hora se suponía que tenía que estar disponible para recibir a sus estudiantes o ayudantes de departamento. Era cierto que esa semana ya nadie iba a pasarse por ahí, pero eso era secundario. Bajó a la oficina de información donde constaban todos los horarios y actividades del Instituto y de los profesores.

Se acercó a la señora Harris, la eficiente encargada de la oficina que parecía saber donde estaba todo el mundo y qué estaban haciendo en cada instante.

–Soy John Farrell, ayudante del profesor Samuel Bates. Vengo de su despacho y no estaba. Me preguntaba si todo iba bien.

La señora Harris le miró como si John acabara de aterrizar de otro planeta.

–El profesor Bates tiene una entrevista esta mañana.

John tuvo un extraño presentimiento. Bates era un hombre gris ¿Quién querría entrevistarle?

–¿Perdón?

–Creo que se ha citado para almorzar con un periodista de la revista *Science*.

–No entiendo.

–¿Pero dónde has estado la última semana, jovencito? Todo el mundo habla del descubrimiento de Samuel Bates.

–He estado enfermo. Llevo muchos días sin venir por aquí.

La señora Harris se levantó de su silla y fue hasta una mesa llena de papeles y folletos del Instituto, entre ellos el boletín semanal en el que se reseñaban las actividades más importantes para difundirlo por todas las universidades y revistas especializadas del país. Le entregó uno de esos boletines a John, apenas quince páginas en blanco pero en cuya portada aparecía Samuel Bates bajo un titular que provocó una conmoción en el pecho de John:

EL PROFESOR SAMUEL BATES DESCIFRA EL SECRETO DE LA MÚSICA.

Era un titular bastante más sensacionalista y entusiasta de lo acostumbrado en el ambiente académico, pero John no necesitaba leer más.

–No se ha hablado de otra cosa en los últimos días. Dicen que la BBC quiere grabar un documental sobre Bates.

John estaba petrificado. Dejó caer el boletín al suelo ante la mirada extrañada de la señora Harris. Como un autómata, se dio media vuelta y empezó a andar hacia la salida.

–¿Quiere que le deje algún mensaje al profesor Bates?

John contestó con un hilo de voz, más para sí mismo que para la señora Harris.

–No es necesario. Ya me encargaré yo.

Afuera se había levantado ventisca y el mediodía se volvía hostil y desapacible como el ánimo de John. Se quedó de pie sin saber muy bien dónde ir. Observó como el viento agitaba las copas de los árboles y levantaba las hojas amarillas en pequeños remolinos. Nubes negras cubrían el cielo por encima de los tejados y todo parecía estar poseído por la energía tempestuosa de un paisaje romántico.

El joven John Farrell solo ante la encrucijada del destino.

Pensó que ver a Alfred le calmaría; contarle todo, tomar otra taza de té frente a la chimenea y valorar las posibilidades. Pero sabía que Alfred no quería verlo, que quería permanecer ajeno a los acontecimientos, como si su papel en el drama hubiera terminado y no quisiera conocer el desenlace. Respetaba su decisión. Estaba solo. Solo con su poder, con ese poder que no merecía tener.

Tragó saliva. Una rabia desconocida empezaba a germinar detrás de sus ojos. Una rabia estimulante, esclarecedora. Miró las palmas de sus manos, rojas por el frío, y luego se dio la vuelta hasta ver la ventana del despacho de Bates. De haber prestado atención, al llegar hubiera visto que las persianas estaban bajadas y tal vez no se hubiera molestado en entrar, ni hubiera preguntado nada a la señora Harris y ahora no estaría de pie dejando que la pizarra de su mente se llenara de ecuaciones imposibles y razonamientos inverosímiles. No vio la persiana bajada porque tenía que entrar al edificio, encontrarse con la puerta cerrada del despacho, preguntar a la señora Harris. Así es como debía de pasar. Lo que ocurriera en las próximas horas formaba parte de la misma cadena de causa-efecto que John no pensaba romper.

Volvió a su apartamento. No había encendido la calefacción al marcharse pero apenas fue consciente del frío. No prestó atención al desorden del pequeño salón, ni a la luz roja del teléfono que indicaba que tenía un mensaje en el contestador. O tal vez inconscientemente sí que vio esa luz roja parpadeando, y supuso que eran sus padres los que habían llamado, pero de haberles devuelto la llamada tal vez hubiera visto las cosas con otra perspectiva, le hubieran consolado y hubiera detenido esa serie lógica de la que ahora se sentía parte y creador.

Entró en su habitación. El ordenador estaba encendido. Se quitó el abrigo y se sentó. Alrededor del ordenador había un montón de cuadernos llenos de fórmulas y garabatos ilegibles. Pero John sabía que su programa informático le daría sentido a todo aquello. Necesitaba datos, muchos datos, variables que necesitaban a su vez de otras variables, seguir caminos que se bifurcarían una y otra vez, pero el resultado debería ser simple e irrebatible como un axioma.

John Farrell pasó las siguientes quince horas trabajando frente al ordenador.

Amanecía un nuevo día cuando su impresora empezó a escupir papel. En total 125 folios.

No tenía sueño ni hambre ni ningún sentimiento que pudiera expresarse con palabras conocidas. Su mirada era la del explorador cuyos ojos miran por primera vez un paisaje que ningún hombre ha visto antes.

Guardó las hojas en una carpeta amarilla y después escribió una carta para Samuel Bates que metió en la misma carpeta y otra para Alfred Keitel.

Miró su reloj. Todavía tenía tiempo de ducharse y comer algo.

Estuvo a punto de llamar a sus padres, pero el contenido de esa carpeta era algo de lo que quería mantener alejados a Henry y a Mary.

Veinte minutos después, John Farrell salía de su apartamento.

11

Cuando los periodistas le daban la mano y le mostraban su admiración al terminar la entrevista (justo en el momento en el que John Farrell volvía a su apartamento y no prestaba atención al contestador), Samuel Bates supo que la traición tenía sabor, que ese sabor era amargo y ocre como algo encerrado mucho tiempo en una habitación sin ventanas. Pero cuando uno de aquellos hombres le dijo aquella frase de despedida, «es usted un genio», Bates supo que podría ignorar esa amargura con el dulce líquido de la adulación. Ningún hombre puede culparse de su propia infamia. Para eso hubiera sido mejor no haber nacido. Cobraría sus treinta monedas y borraría las pruebas. Lo sentía por John Farrell, pero era joven y la vida todavía era un territorio inexplorado para él. En cambio para Bates todo empezaba a ser una sucesión de oportunidades perdidas y esperanzas defraudadas. Además, Farrell necesitaba aprender la dura lección de la humildad y la frustración, entender que la vida era un lugar lleno de trampas y que a veces la brillantez es una herramienta obsoleta en un mundo en el que existen la tentación, la ambición, la debilidad y el orgullo.

Samuel sabía que solo estaba intentando justificar lo que había hecho para poder mirarse al espejo sin apartar la mirada. La idea llevaba mucho tiempo flotando en su mente con la inconsistencia de los planes que sabemos que nunca vamos a realizar. Pero fue la conversación con Alfred Keitel hacía unas semanas la que en cierto sentido le dio el último empujón. Aquella frase, «háblame de John Farrell» le había envenenado la sangre, había abierto sus heridas y le había nublado la mente. Y cuando se dio cuenta de que el proyecto de John iba por buen camino, que su trabajo empezaba a dar frutos, sencillamente decidió robárselo. Sin más. Ahora o nunca. La determinación que le había faltado en los momentos cruciales de su vida le invadió en ese momento con una fuerza a la que no podía oponer resistencia. Borró todos los archivos que John le iba entregando para corregir o aprobar o sencillamente los pasaba a su carpeta de documentos personales. ¿Quién robaría a quién? ¿A quién se le daría el beneficio de la duda?

Salió de la entrevista. La ventisca se había transformado en tormenta. Su coche estaba aparcado a dos calles de la cafetería donde se había citado con los periodistas, así que tuvo que mojarse. No le importó. Todos los inconvenientes que tuviera que sufrir en los próximos días serían su penitencia. Arrancó el coche para regresar a su despacho, quería recogerlo todo antes de las vacaciones de navidad y cumplir con algunos formulismos. Pero la tormenta le hizo cambiar de opinión. La ciudad era un hervidero caótico de tráfico y peatones huyendo de la lluvia. Decidió tomarse el día libre, volver a su casa y pasar las horas digiriendo su culpa y renovando los acuerdos con su conciencia.

Fue un día normal. Contestó llamadas. Una de la BBC. Otra del *Times*. Las noticias volaban. Su nombre salía del anonimato. ¿Podría vivir con ello? Podría.

Agotado por tantas emociones no tardó en dormirse.

En otra parte de la ciudad, John seguía trabajando con su ordenador.

Samuel Bates se despertó en el momento en el cual el folio 125 salía de la impresora de John.

Se duchó, desayunó viendo las noticias y se vistió. Subió a su coche y puso rumbo al Instituto. Mañana empezarían sus vacaciones, que suponía serían las más ajetreadas de su vida. Al entrar, la señora Harris le dio los buenos días. En ese instante, John metía una carta bajo la puerta de Alfred Keitel, llamaba al timbre y se marchaba.

–Buenos días, señora Harris. ¿Alguna novedad?

–Ayer vino un estudiante preguntando por usted.

–¿Quién?

–Farris. John Farris.

–Farrell –corrigió Bates con un temblor en la voz.

–Sí, en efecto.

–¿Dijo qué quería? ¿Dejó algún mensaje?

–Nada. Le expliqué lo de su entrevista y se marchó. Un joven no muy simpático.

–Entiendo. Gracias, señora Harris.

Bates contaba con que Farrell no aparecería hasta después de las vacaciones, que fuera lo que fuera que se traía entre manos con Keitel le tendría ocupado más tiempo. Al fin y al cabo llevaba días sin dar señales de vida. Inoportuno y molesto hasta el final. Mientras recogía sus cosas en su despacho intentó imaginar cómo reaccionaría Farrell al verle. No le creía capaz de ejercer la violencia física, sería demasiado indigno para los dos. Amenazas tal vez, pero todo sería pólvora mojada. La inteligencia de John ya le habría dejado claro que había perdido esa batalla. Comprobó una vez más que no se dejaba nada importante en los cajones de su escritorio, y entonces sonó el teléfono. Miró la pequeña pantalla. Reconoció el número. Era el móvil de Keitel. No le sorprendió demasiado. Seguro que el viejo le tenía preparado algún discurso sobre la moral y la ética, pero Bates no tenía ganas de sermones, y menos de Alfred. Dejó que el teléfono sonara, y cuando cerraba la puerta, una lucecita roja se encendió al lado del teclado. Alfred Keitel había dejado un mensaje de voz. Un segundo después el teléfono volvió a sonar pero Samuel Bates ya estaba lejos de su despacho.

–Feliz navidad, señora Harris.

–Feliz navidad, profesor Bates. Espero que le dejen tranquilo al menos un día.

Bates sonrió y salió del edificio. Había empezado a llover otra vez y estaba bajando la niebla. Fue andando tranquilamente hasta el aparcamiento reservado al personal docente, y antes de llegar distinguió, apoyado en su coche con aire indolente, a John Farrell. Se estremeció y estuvo a punto de darse la vuelta. ¿Cuánto tiempo llevaría allí?

Pero sabía que ese momento tenía que llegar y pensó que cuanto antes lo afrontara, mejor. Sin bajar la mirada ni dejar traslucir su inquietud, Bates llegó hasta su coche. Farrell estaba apoyado sobre el capó, serio pero en absoluto con aspecto enfadado. Su flequillo mojado por la lluvia se le pegaba a la frente. Sus gafas estaban empapadas.

–Profesor Bates…

–John…

Samuel sacó las llaves y las metió en la cerradura.

–Imagino que tienes muchas cosas que decirme, John. Lo entiendo. Pero no es el mejor momento para arreglar las cosas. No sé qué puedo decirte.

–No hay nada que arreglar, profesor. Mi proyecto está mal. Solo quería advertírselo.

Bates no se esperaba eso. Aquello cambiaba las cosas. Estaba casi seguro de que John se estaba marcando un farol, y como estrategia para desconcertarle no estaba mal, pero… ¿y si era verdad? ¿Y si había algo que John había hecho mal y que un análisis minucioso dejaría a la luz? ¿Le esperaría otra ración de vergüenza pública?

–No, John. Tu investigación fue un éxito y lo sabes.

–Crea lo que quiera, profesor. Yo he invertido demasiado como para que todo salga mal.

–¿Y qué me sugieres?

Algo cambió en la mirada de John y Samuel lo vio perfectamente.

–Aquí tiene las correcciones, profesor. Léalas y haga lo que crea que debe hacer.

Y tras decir esto le entregó a Samuel una carpeta amarilla. Este dudó unos segundos y finalmente la cogió. Estuvo a punto de decir gracias, pero hubiera resultado grotesco.

–Ya nos veremos, John.

–Claro.

–Todavía eres joven –dijo Bates casi a modo de disculpa antes de cerrar la puerta y arrancar el coche. Al salir del aparcamiento, vio que John Farrell seguía de pie bajo la lluvia y sintió una punzada en el pecho. Se incorporó al flujo del tráfico, camino a la carretera secundaria que llevaba a su casa, en una urbanización a las afueras de Londres. Samuel vio que se había dejado el móvil en el coche al ir a su despacho. Lo cogió y vio que tenía tres mensajes de voz de Alfred Keitel. Por lo visto primero había llamado al móvil y luego al despacho. Metió el móvil en la guantera. Ya había tenido bastante con el encuentro con John. Suficiente penitencia por un día.

La carretera estaba húmeda, así que Bates apenas aumentó la velocidad al salir de la ciudad. Condujo unos minutos sintiendo que su pulso se aceleraba demasiado. La maldita carpeta amarilla estaba tirada en el asiento del copiloto y Samuel no podía dejar de verla por el rabillo del ojo, impidiéndole concentrarse en la carretera. Al final se rindió y frenó en la cuneta. Le pareció absurdo, un gesto de impaciencia impropio de él, pero tenía que comprobar qué estaba tramando John.

Abrió la carpeta. Un montón de folios blancos cayeron sobre el asiento. Encima de ellos, una carta. La lluvia caía cada vez con más fuerza. Leyó la carta casi al borde del pánico, sin ser capaz de explicar qué le estaba pasando y la razón de que no se sintiera dueño de sus actos.

«Querido profesor Bates:

No le culpo por lo que ha hecho. Llegado a este punto empiezo a dudar de que usted tuviera alternativa. Lea esto con atención. El contenido de la carpeta que le he dado, y que si todo sale según lo previsto tiene usted ahora en su coche, no es más que una larga ecuación, o si lo prefiere, una serie lógica absolutamente coherente en la que simplificando se demuestra sin margen de error que a las 12h30 de esta mañana la variable *f* eliminará de la ecuación a la variable *x*. La variable *x* es usted. Si ocurre de esa forma, entonces habrá usted demostrado involuntariamente que mis intuiciones y las del profesor Keitel eran correctas. Paradójico, ¿no? Si me he equivocado, entonces disfrute del éxito por mi investigación, que por supuesto es impecable e irrebatible. Lo cual lleva inevitablemente a que la ecuación contenida en la carpeta amarilla también lo es. Un círculo cerrado, profesor. Abra bien los ojos. Sea testigo de lo excepcional. Yo sé que va a pasar».

Bates terminó de leer aquella sarta de disparates. Quiso reírse, pero estaba temblando. Cogió algunas de las hojas de Farrell. Números y números. Observó algunas variables anotadas a pie de página sin entender nada. «Probabilidad de lluvia por la mañana» y cosas por el estilo. John Farrell se había vuelto loco.

Miró su reloj.

12h29.

Fue lo último que vio. El camión embistió el coche de Bates con un estruendo brutal que destrozó la carrocería y los cristales como un jarrón de porcelana cayendo al suelo. Pronto el interior empezó a arder. Los papeles de Farrell quedaron reducidos a cenizas. La madre de Bates, una anciana de casi noventa años, fue llevada a Londres desde una residencia de ancianos de Manchester para identificar el cuerpo de su hijo en los restos calcinados que los bomberos consiguieron extraer del coche.

Fue algo innecesariamente cruel y macabro, pero Farrell no había previsto algo así.

El conductor del camión dijo que perdió el control por culpa de la lluvia. Esa fue su declaración oficial. Tiempo después, cuando empezó a recordar ese día, todavía sin poder creerse que había salido indemne del accidente, confesaría a su mujer que realmente no perdió el control por la lluvia.

–¿Por qué fue entonces, cariño?

–No lo sé. No puedo explicarlo. Yo no fui. Te juro que yo no tuve nada que ver.

El camionero se llamaba Peter. En la ecuación de Farrell simplemente la variable *f*.

12

Muchas cosas ardieron ese día. También la carta que Alfred Keitel recibió de John se consumió en el fuego de la chimenea, junto con todos los papeles que Keitel aún conservaba de su investigación. Necesitaba al menos llevar a cabo ese ritual de purificación por los pecados pasados y por el que acababa de cometer.

Cuando llegó al Instituto, Samuel Bates ya se había marchado. En su lugar encontró a John, empapado y absolutamente abstraído, caminando por el campus sin rumbo.

–John...

Alfred había llegado en taxi pero al menos había llevado paraguas. Se acercó a Farrell para protegerle de la lluvia.

–Profesor... Imaginé que vendría.

–¿Qué has hecho John?

–Aún nada. Nada en realidad.

Los dos se miraron. Habían llegado a un punto en el que las palabras estorbaban o daban miedo.

–Vayamos a mi casa, John.

Sobre el camino que cruzaba el césped del campus se estaban formando charcos sobre los que las gotas de lluvia caían con fuerza. Podía ser la primera mañana del fin del mundo.

Una mañana que para Alfred había empezado con el ruido del timbre de la puerta. No esperaba visitas. Al igual que John, llevaba varios días aislado, sin saber si pasaría algo o no pasaría nada pero sin sentirse capaz de salir afuera a comprobarlo. No tenía noticias de Farrell desde su última conversación y por supuesto no sabía lo que estaba haciendo Samuel Bates esos días. La ignorancia mata, solía repetir Keitel en su época como profesor. Cuando bajó a abrir, allí no había nadie, pero reparó en una carta que alguien había metido personalmente bajo su puerta. Supo que era una carta de John y todos los malos presentimientos posibles entraron por aquella puerta abierta metidos en aquel sobre cerrado. Fue a la biblioteca, se sentó frente a la chimenea y comenzó a leer:

«Querido profesor Keitel:

Yo tampoco he sido inmune al miedo que sintió usted hace años, quiero que no olvide eso antes de juzgarme. Imagino que no está usted enterado de que Samuel Bates ha empezado a difundir mi investigación sobre la música haciéndola pasar por suya. Nada de eso importa demasiado. Pero suponga que a partir de ahí alguien más llega a nuestras conclusiones, profesor. Usted dijo que nadie merece ese poder. Pero yo no pedí llegar a él, y usted tampoco. Ya puede imaginar que he terminado el camino yo solo, profesor. Le ahorraré los detalles, pero déjeme citarle una frase de Wittgenstein que usted obvió: "En la lógica proceso y resultado son equivalentes". Hoy sabremos si eso es verdad o todas nuestras ideas han sido el delirio de dos mentes que creyeron ver luz y armonía allí donde solo existe la penumbra y el caos.

Bates ha robado el fuego sagrado, profesor. Si el fuego es real, se quemará; si no, nuestra vanidad se helará en el frío del fracaso.

Usted no tiene la culpa de nada».

Eso era todo. Alfred apenas podía respirar tras leer la carta. Lo había conseguido, había entendido y se había decidido a comprobar sus teorías. John Farrell, audaz e inconsciente, Farrell jugando el juego de los dioses. Keitel tardó demasiado en reaccionar. No sabía lo que estaba a punto de pasar pero deseaba con toda su alma que no pasara. Una parte de él sabía que algo irremediable había comenzado y que ni él ni nadie podía pararlo. Pasó unos minutos aturdido hasta que decidió llamar a Bates a su móvil para avisarle. ¿Avisarle de qué? ¿De que en la lógica proceso y resultado son equivalentes? ¿De que la realidad no puede contradecir a las matemáticas? Bates no contestó al móvil. Keitel le dejó un mensaje de voz, lo volvió a intentar y a dejar otro mensaje en su buzón. Llamó inmediatamente al despacho de Bates, justo en el momento en el que este terminaba de recoger su escritorio. Bates, lógicamente, no contestó.

Keitel pidió un taxi que le llevara rápidamente al Instituto. Bates le acababa de decir a Farrell que todavía era muy joven.

Todo ocurrió demasiado tarde o en el momento justo.

Y ahora estaban allí de nuevo, Alfred y John, calentándose frente a la chimenea.

–Es hora de que uno de los dos termine la historia, profesor.

Eran las 12h30.

–Te corresponde a ti, John. No quiero robarte ese mérito.

John acercó las manos al calor del fuego. Vio que sobre la mesilla estaba su carta y sonrió por la extraña elocuencia de las metáforas de aquel día.

–El razonamiento lógico no permite conocer el futuro, profesor. No fue eso ante lo que usted retrocedió.

–Te dije que era algo mucho peor.

–Ya lo sé. Lógica y resultado equivalentes. Dos más dos tienen que ser siempre cuatro o el universo caería en una espiral de caos absoluta.

–Leyes inmutables y preexistentes, John.

–El lenguaje con el que Dios escribió el universo. Las leyes matemáticas no explican la realidad, la definen.

–La crean –matizó Keitel.

–Establecida una ley lógica irrebatible debe cumplirse o el mundo dejaría de tener sentido.

–Por desgracia así debe ser.

–Por eso el hombre del problema…

–Peter.

–Peter, no tenía opción a quedarse en la cama. No en el sistema preexistente en el que se mueve. De la misma forma, en el momento que consiguiéramos crear un axioma cerrado, autosuficiente e irrebatiblemente lógico con cualquier número de variables, ese sistema debería cumplirse. No importa que las posibilidades fueran infinitas. Si nuestra ecuación tiene lógica en sí misma se cumplirá. No podrá no cumplirse.

–Esa es la idea, John.

–No es una idea, profesor. Tiene que ser así.

–¿Por qué estás tan seguro?

–Por la misma razón que lo está usted.

Tomaron un té en silencio. Keitel ya no tenía argumentos con los que rebatir a John. Estaba de acuerdo con él. Habían descubierto la estructura subyacente de la realidad, tan sencilla y cristalina y aterradora como siempre había sospechado. Tan cerrada e inapelable como una profecía que se cumple desde el momento en que es formulada.

Pasaron los minutos en un silencio fatigado e impaciente, hasta que sonó el teléfono.

Alfred miró a John y este asintió.

Keitel se levantó y salió al pasillo a contestar.

–Sí, soy el profesor Keitel.

– ...

–¿Cómo dice? ¿Cuándo?

– ...

–Gracias, señorita Harris. Gracias por informarme. Adiós.

Alfred dejó caer el auricular como si pesara una tonelada. Miró a través de la puerta entreabierta de la biblioteca. John se había recostado en el sillón con los ojos cerrados. Alfred estaba seguro de que sabía el motivo de la llamada, y al ver la tranquilidad de John, su ausencia de reacciones o de curiosidad entendió que aquel joven era un absoluto desconocido. Acababa de matar a un hombre y al mismo tiempo era absolutamente inocente. Había llevado a cabo un acto al que la moral humana no tenía forma de juzgar y se había colocado en una posición ajena a los convencionalismos del bien y del mal.

La luz de las llamas iluminaba el rostro de John. Alfred tenía que admitir que había cogido cariño a ese joven, que desde la muerte de Sara no se había sentido tan acompañado como en las horas que pasaron juntos. Pero al mismo tiempo Keitel era consciente de que lo que allí estaba en juego iba más allá de los afectos personales, que su responsabilidad en ese momento tenía una dimensión casi cósmica. Había sitios a los que no se debía llegar. Jamás imaginó que defendería un planteamiento así, pero ver a John ebrio de un poder innombrable y sin embargo tan calmado, como si el fuego no afectara a su frío interior, sumió a Keitel en un abismo de lucidez y determinación.

Antes de volver a la biblioteca entró en su dormitorio. Abrió uno de los cajones de la cómoda y se pidió perdón a sí mismo por lo que estaba a punto de hacer.

–Samuel ha muerto –le dijo a John.

Este levantó la vista. Como Alfred esperaba, su rostro no cambió de expresión.

–El programa funciona. Teníamos razón –se limitó a decir.

–¿Cuánta gente conoce ese programa, John?

–Solo usted y yo. Y nadie puede acceder sin mi clave personal, ni sabrían manejarlo.

–Comprendo.

–He tomado medidas de seguridad, profesor.

–Pero sabes que no puedo permitir que vuelvas a utilizarlo.

–Se considera responsable. Pero no lo es. No tiene que hacer nada.

–Esto es más grande que tú y que yo, John.

Farrell suspiró con una resignación propia de un hombre que ha vivido más de cien años. Miró a Keitel a los ojos. Una tristeza aplastante recorrió la mirada de los dos amigos. John quiso mitigarla con una sonrisa, casi como un favor personal a Alfred en aquel momento.

–En la cara no, profesor. Se lo pido por mis padres.

Alfred no pudo decir nada. Las palabras se empantanaron en algún rincón de su alma destrozada. Asintió. El disparo retumbó en toda la biblioteca.

El cuerpo de John se sacudió violentamente contra el respaldo del sillón. La bala había pasado muy cerca del corazón. Una mancha de sangre densa y oscura empezó a formarse bajo su ropa. Alfred dejó la pistola sobre la mesilla, se sentó frente a John y le agarró de las manos mientras la vida se le escapaba a borbotones.

–Lo siento, John…

Temblor de manos. Frío. Una mirada ausente, los párpados que caen, ningún reproche, solo la serena aceptación de lo inevitable. John Farrell murió en paz.

Alfred Keitel quemó todos sus papeles.

No encontró purificación ni perdón en ello, pero le pareció justo que su principal legado acabara convertido en cenizas.

Después reflexionó sobre lo que se sentía antes de morir.

Nada.

Absolutamente nada.

Una ecuación que se resuelve.

Una incógnita despejada.

Se colocó la pistola en la sien y disparó.

Eloise Chant los encontró cinco horas después.

EPÍLOGO

John nunca escuchó el mensaje que su madre le dejó en el contestador aquel día. No era nada especial. «Todo es precioso, estamos bien, te queremos mucho». Cuando les dijeron en el hotel que tenían una llamada desde Londres pensaron que era de su hijo.

Regresaron al día siguiente.

Después vino una sucesión de preguntas, perplejidad, dolor.

Un informe policial que se cerró sin demasiadas explicaciones. Homicidio y suicidio. Móvil desconocido. El mundo universitario sufrió una conmoción ante el trágico final de Alfred Keitel. Nadie entendía nada. En poco tiempo ya nadie recordaba exactamente el nombre del joven asesinado. ¿James Ferrell? ¿John Ferris?

Tampoco nadie asoció esas dos muertes con el accidente mortal de Samuel Bates. Pura casualidad. La casualidad lo explicaba todo. A Alfred le hubiera consolado saber que así concluiría todo. El azar o su apariencia seguiría dominando el mundo. El fuego sagrado volvía a estar protegido.

Para Henry y Mary nada podía ser tan sencillo.

Registraron las cosas de su hijo en busca de respuestas. Ni siquiera pudieron acceder a sus archivos de ordenador. Un experto informático de la policía lo consiguió pero no entendió nada de lo que encontró. Dijo que le parecía un programa de juegos de lógica. Nada más.

De eso hacía casi dos años.

Aquel ocho de diciembre del 2010 en el que John hubiera cumplido treinta años, Henry y Mary visitaban la tumba de su hijo y dejaban un discreto ramo de flores.

Parecía que habían pasado más años.

Las manos de Henry estaban dolorosamente deformadas. Hacía cuatro meses había regalado su piano a un conservatorio. Mary no se opuso. Cuidaban el uno del otro. Los días eran solitarios y silenciosos. Ella escribió un libro de poemas en honor a su hijo, lo guardó en un cajón y nunca más volvió a escribir nada.

Era una mañana invernal.

JOHN FARRELL
1980-2008
NUESTRO AMADO HIJO

El viento agitó las flores sobre la lápida.

En la pequeña foto, John sonreía.

Mary se preguntó cómo podría sobrevivir con el amor por el hijo perdido y por la hija no nacida. Su esposo la miró. Se cogieron del brazo y volvieron a casa.